네 이름을
품 고 만
있 어 도

도담도담 씀

추풍령
중학교

네 이름을 품고만 있어도

발행	2023년 02월 06일
저자	도담도담
펴낸이	한건희
펴낸곳	주식회사 부크크
출판사등록	2014. 07. 15(제2014-16호)
주소	서울특별시 금천구 가산디지털1로 119 A동 305호
전화	1670-8316
E-mail	info@bookk.co.kr
ISBN	979-11-410-1474-2

www.bookk.co.kr

네 이름을
품 고 만
있 어 도

BOOKK

▽ 우리는 지금 사랑과
우정에 빠져

추풍령은 강원도에 있지 않다. 추풍령에서 사는 건 따분하지 않다. 추풍령 청소년들은 별 볼 일 없지 않다. 말할 기회를 주지 않더라도 말할 건 말하겠다는 마음으로 작은 책 한 권을 세상에 내어 놓는다. 주로 여드름 필 무렵에 추풍령을 살아가는 청소년의 마음을 담았다. 놀라울 정도로 소박하고 애정 어린 세계로 초대한다. 마지막 장을 덮고 나면 추풍령이 더 궁금해질 거라 믿는다. 시원한 바람처럼 직접 들러주시면 더욱 좋고.

　　_도담도담, '바람이 불어오는 들판 위에서 마을을 그리다' 중

지난 2020년 도담도담이 세상에 내어놓았던 그림 이야기책의 한 구절을 다시 읽어봅니다. 그 책에는 여드름 필 무렵 추풍령에서 살아가는 청소년들의 모습이 솔직담백하게 담겨 있었습니다. 우리가 그린 세계를 만난 독자들은 추풍령이 더욱 궁금해지셨을까요?

2020~2022년을 지나며 세상에는 많은 일들이 있었습니다. 코로나19, 기후 위기, 혐오와 차별의 확산 등 나쁜 소식도 쉽게 당도했습니다. 세상이 망가지는 속도가 더욱 빨라지는 듯 보이지만, 그래도 아름다운 일 또한 함께 존재합니다. 올해 도담도담은 사랑과 우정을 주제로 소설, 수필, 서평에 소박하면서도 아름다운 세계를 담아 글로 내어놓습니다. 글을 써 내려가는 동안 사랑과 우정에 푹 빠져 행복한 시간을 보냈고 슬픔과 걱정, 두려움을 잠시 밀어낼 수 있었습니다. 이야기의 힘도 다시 느낄 수 있었고요. 여러분들도 도담도담이 그려낸 세계를 통해 사랑과 우정이 여전히 힘이 세고 아름답다는 것을 다시 떠올려 보시기를 바랍니다.

책장을 열어주셔서 고맙습니다. 환영합니다:)

목차

1장

사랑하는 마음으로

황연우, 네 목소리가 점점 가까워져

김하림, 네 이름을 품고만 있어도

이지효, 네가 떠난 후에

한혜진, 지금 우리가 가장 따뜻할 때

오진우, 하나도 후회되지 않습니다

이승엽, 서영

▽ 네 목소리가 점점 가까워져

황연우

1

오늘 너에게 고백할 거야. 사실 오래전부터 준비해왔던 거야. 넌 아마 눈치채지 못했을걸. 나 꽤 잘 숨기지 않았나? 아닌가. 큼큼 어쨌든. 난 빨리 말하려고 했었어. 누가 연달아서 약속 파투만 안 냈으면 하고도 남았을걸. 이번에도 안 나오면 진짜 집까지 찾아가려 했는데 다행이네. 멀리서 네 노란 머리가 찰랑이는 게 보여.

"미안 늦어버렸네!"

네 목소리가 점점 가까워져. 이 소리 들려? 지금 우리 사이에서 무언가 쿵쿵 울리는 소리가 나. 네 심장소리라고 생각해도 되지?

이제 곧 겨울이네. 넌 추위를 많이 타서 겨울만 되면 춥다고 난리였지. 그런 네가 겨울을 기다렸던 건 내 생일 때문이라고 생각하고 싶다. 근데 역시 그건 아니겠지. 아마 크리스마스 때문이지? 일 년 중 가장 큰 행사니까. 그래서 오늘로 정한 거야. 역시 날은 참 잘 잡았다니까. 오늘 일기예보 봤어? 곧 있으면 눈이 올 거래. 10년 만의 화이트 크리스마스, 이런 쪽으로는 정말 관심도 없었는데, 아마 네 영향이겠지. 너로 인해 바뀌어 가는 내 모습들이 신기하기도 하고 낯설기도 해.

"요즘 무슨 일 있니? 수업 시간에 집중도 제대로 못하고 시험 성적도 많이 떨어졌던데."

"아뇨. 아무 일도 없었어요."

"그렇니, 너도 이제 성적관리 해야지 너 고3까지 1년밖에 안 남았다."

"네. 죄송합니다."

선생님 그게요. 제가 어떻게 할 수 없는 거라. 책만 펴면 네 얼굴이 생각나 공부에 집중할 수 없는 걸.

난 목표를 향해 곧게 달려가는 네 모습을 좋아해. 넌 언제나 방황하는 나를 이끌어줬지.

"난 아직도 내가 뭘 하고 싶은지, 뭘 원하는 건지 잘 모르겠어."

"꼭 알아야 하나? 뭘 그리 고민하고 그래. 그냥 순간순간의 선택대로 가는 거지."

"그래도 될까?"

오늘 너에게 고백할 거야.

"응 너라면 분명 뭐든지 해낼 수 있을 거야. 응원해."

중학교의 기억은 너로 가득 차 있어. 어느 하나 버릴 것 없는 모두 소중한 기억들이야. 우리가 나이를 먹어 서먹해진다 해도 이 기억들 사이에서 너는 언제나 15살의 너로 존재하겠지. 내 일부가 되어줘 고마워. 내게 잊지 못할 한 해를 남겨줘 고마워. 내게 희망을 쥐여줘 고마워. 그래서 말인데. 오늘 너에게 고백할 거야. 광장 중앙에 있는 트리 앞에서, 눈이 오는 크리스마스에 좋아하는 사람과 그곳을 걸으면 사랑이 이루어진대. 맞아, 이거 네가 해준 얘기야. 이런 이야기는 또 어디서 듣고 와서는.

너를 위해 태어나서 처음으로 꽃집에 갔어. 요즘엔 상대방의 탄생화를 주고받는 게 유행이라고 하더라. 네 생일은 7월 1일. 빨간색 수국, 꽃말도 참 재밌네. 너 같이.

2

오늘 너에게 고백할 거야. 넌 아마 눈치채지 못했을걸. 언제부터 좋아했냐고 묻는다면, 이제 반년쯤 됐지. 언제나 장난기 넘치던 너답지 않게 차분히 가라앉았던 날, 넌 내게 물었었지.

"난 아직도 내가 뭘 하고 싶은지, 뭘 원하는 건지 잘 모르겠어."

얘가 이런 생각도 하는 놈이었구나. 신기하네. 그러고 넘기려 했어. 근데 왜인지 모르게 계속 생각나더라. 우울해 보이는 네 얼굴이. 그 후로부터 깨어있을 때는 언제나 네 생각만 나더라. 그때 깨달았어. 내가 널 좋아한다는 걸. 네가 나를 향해 웃어 줄 때마다 심장이 뛰고 준비한 말도 얼버무리게 돼. 네가 웃는 게 좋아. 언제나 웃어줬으면 좋겠어. 물론 내 앞에서만 말이지.

넌 항상 크리스마스만을 손꼽아 기다렸지. 그 모습이 참 귀여웠어. 크리스마스 얘기만 하면 어린아이가 된 것만 같은 맑은 눈을 보여줬지. 이번 크리스마스가 10년 만에 화이트 크리스마스래. 그래서 오늘을 고른 거야. 혹시 내가 했던 말 기억해? 광장 중앙에 있는 트리 앞에서, 눈이 오는 크리스마스에 좋아하는 사람과 그곳을 걸으면 사랑이 이루어진대. 그래서 거기에서 만나자고 한 거지? 나 사실 알고 있어. 너 나 좋아하잖아. 다행이야. 나 혼자만의 짝사랑이 아니어서. 내가 오해한 게 아니길 바라.

드디어 네가 보여. 늦어서 미안. 빨리 갈게. 파티 시작까지는 30분씩이나 남았으니까. 괜찮지 않을까 하하. 5시부터 온대. 고백은 운치 있게 밥 먹고 저녁에 해야겠지? 그래도 너보다는 빨리하고 싶은데. 이런 눈치 싸움도 꽤나 재밌네. 근데 아까부터 들려오는 이 소리는 네 심장소리야? 너답지 않네. 능글맞은 성격 뒤에 이런 면들을 숨기고 있었구나. 숨기지 않아도 돼. 보고 싶어.

너 손에 들린 종이 가방 뭐야? 왜 또 숨기고 그래. 사실 아까 조금 봤는데. 꽃이었지? 이런, 통했네. 나도 꽃을 준비했거든. 전에도 이런 적 있지 않았나?

"빵만 4개네~"

"으아! 제일 중요한 생크림이 없어."

"괜찮아 초코로 덮으면 되지."

지난 스승의 날에 우리 둘이서 케이크를 만들기로 했었잖아. 철저하게 망했지만. 하하. 그때도 비슷한 일이 있었지. 말 안 하고 재료 모아 오기로 했었는데. 둘 다 빵만 사 와버렸잖아. 재미로 한 거였는데 이렇게나 안 맞을 줄이야. 아닌가 잘 맞는 건가. 아, 이런. 이제 곧 트리에 불이 켜진대. 계획이 조금 틀어졌네.

밥 먹고 오면 사람이 몰릴 테니까 고백을 앞당겨야겠어. 기대

해도 좋아. 이번 크리스마스에는 그 누구보다 행복하게 만들어

줄게.

▽ 네 이름을 품고만 있어도

김하림

　멀리서 쳐다만 봐도 설레는 사람이 있다. 그 이름을 입에 품고만 있어도 설레는 사람이 있다. 생각만 해도 설레는 사람이 있다. 사랑하는 사람이었다.

　중학교 3학년이 되어서 하운이와 같은 반이 되었고 그때 하운이를 처음 보았다. 그때는 아무 생각이 없었다. 그냥 사람이구나 정도? 그런데 하루하루 지나다 보니 어느새 난 그 아이를 바라보며 웃고 있었다. 도대체 내가 왜? 지난 15년 동안 그 누구에게도 이런 감정을 느껴본 적이 없었다. 하운이에게 이런 감정을 느낀 건 친해지고 오랜 시간이 흐른 뒤였다. 노을이 아름답게 지던 어느 날. 멀리 보였던 하운이가 나에게 인사를 했을 때 굉장히 멀리 있었는데도 하운이의 웃음은 선명하게 보였다. 노을과 함께 반짝이던 그 웃음을 보았을 때 이상한 느낌이 들었다.

"미친 건가, 나?"

그 웃음이 계속해서 떠올랐다. 눈을 감아도, 떠도 계속 맴돌았다. 하운이를 좋아한다는 걸 계속 부정하다가 그냥 인정해버린 게 한 달 전이다. 한 달 동안에도 많은 일이 있었다. 늦은 밤까지 통화를 한다던가(조별 과제 때문이긴 했지만) 함께 시내로 놀러 간다던가(다른 친구들도 함께이긴 했지만) 또 눈을 마주치는 일도 잦았다(내가 계속 쳐다보긴 했지만). 이런 사소한 일에 희망을 품고 그 희망은 사랑이 되어 점점 커져갔다.

"너... 설마 백하운 좋아해?"

가슴이 철렁 내려앉는 기분이었다. 아니라고 하고 싶었지만 16년 중 16년을 함께한 내 베스트 프렌드 이설을 속이는 건 불가능한 일이었다. 설이는 5분 동안 나를 노려보며 어떻게 자기한테 말을 안 할 수 있냐며 단단히 삐져있었다. 말하려고 했다고 어떻게 세상에서 제일 친한 너한테 말을 안 할 수가 있겠냐고 아직 확신이 들지 않아서 말을 하지 않았다고 둘러대고 나서야 설이의 화가 풀렸다. 설이는 나와 다르게 연애를 많이 해 봤다. 이렇게 해라 저렇게 해라 많은 이야기를 해주었다. 역시 경험자는 달랐다. 하지만 이게 과연 통할까 하는 의문이 생기기도 했다. 하운이가 다가오고 있었다. 나는 모르는 척 설이와 이야기하며 활짝 웃었다.

벚꽃 잎이 흩날리던 봄, 아름답게 노을이 지던 여름, 낙엽을 밟고 서 있었던 가을을 지나 겨울이 왔다. 하늘에서 눈이 내리고 차가운 공기가 얼굴에 닿아 볼이 빨갛게 달아오르는 계절. 지난 15번의 겨울엔 정말 하나도 슬프지 않았는데 왜 올해는 이렇게 슬픈 걸까. 아직도 이 망할 짝사랑은 해피엔딩도, 새드엔딩도 맞이하지 못했다. 둘 중 아무거라도 괜찮으니 엔딩을 맞이했으면 좋겠다고 생각할 때도 있었으나, 그렇지 않았다. 뭐든지 새드보단 해피가 낫잖아? 아직도 '백하운'이라는 이름을 입에 담고 있으면 가슴이 뛰었다. 아직도 바라보고 있으면 좋아한다고 이야기하고 싶었다. 아직도 이런 마음인 내가 자랑스럽기도 원망스럽기도 했다. 이런 걸 누가 인정해 준다고. 자랑스러워하는 것도 웃기다. 내 말을 듣고 한숨을 쉬던 설이는 하운이가 나를 좋아하는 것 같다고 했다.

"에이, 그럴 리가."

설이 말로는 나를 보면 활짝 웃고, 내게만 귀여운 장난을 친다는데 나는 전혀 모르겠다. 물론 그게 사실이라면 너무 좋겠지만 아니라면 내가 감당해야 할 리스크가 너무 컸다. 고백했다가 차이면? 친구로도 못 지내는 거 아닌가? 지금 이 상태가 더 나을 수도 있지 않나. 혼란스러웠다. 정말 하운이가 나를 좋아하는 게 맞을까? 근데 나를 왜 좋아하지. 나를 좋아할 이유가 없을 텐데. 이런 생각을 가지고 고백을 할 수 있을 리가. 그냥 포기해야겠다. 그런데 설이는 지금까지 좋아해왔던 게 아깝지도 않냐며 나를 설득했다. 생각해보니 좀 아깝긴 하다. 어차피 고등학교 가면 멀어질 텐데 그러면 차여서 멀어진 거랑 크게 다를 것 같지도 않고 고백하는 게 더 이득일 수도 있겠다 싶었다. 그리고 차인다면 슬프겠지만 확신 없이 마음을 접는 게 더 고통스러울 수도 있을 것 같다. 고백은 졸업식. 나는 졸업식에 모든 걸 건다.

"마지막으로 학생 여러분의 졸업을 축하합니다!"

드디어 중학교를 졸업했다. 만감이 교차했다. 하지만 그보다 내게는 마지막 기회인 중요한 일이 남아있었다. 집에 가려던 하운이를 붙잡아 말을 하기 시작했다.

"하운아 그..."

이상했다. 하려던 말이 입에서 나오지 않아 그냥 뒤돌았다.

바람이 불어서인지 아니면 이제 다 끝났다는 생각 때문이었는지 눈물이 날 것 같았다. 이제 다 끝났구나. 지금 쯤 난 미래의 내게 욕을 먹고 있지 않을까. 갑자기 정신이 확 들었다. 지금이 아니면 안 된다는 생각에 다시 한 걸음 한 걸음 신중하게 하운이에게 다가갔다.

"저기"

"저기"

아. 이게 아닌데. 나를 바라보는 하운이의 머리에 눈이 쌓이기 시작했다.

▽ 네가 떠난 후에

이지효

어둠이 적막히 내려앉아 모두가 단잠에 빠진 밤, 누군가는 하얀 촛대 위 홀로 고고히 일렁이고 있는 촛불 하나에 의지하여 자신에게 온 편지를 읽고 있었다.

친애하는 리리에게, 새로움을 찾아 떠나온 너의 가장 소중한 친구 달리아가

리리, 잘 지내고 있어? 뭐 잘 지내고 있냐 물어도 고작해야 한 달... 아니, 너에겐 두 달이란 시간이겠지만 말이야. 오늘에서야 마을에 도착해 짐을 풀었어. 이 아름다운 마을에 도착하

기까지 얼마나 많은 일들이 있었던지, 마차의 바퀴가 진흙탕에 빠져버리기도 하고, 배를 타던 도중 해적선으로 보이는 배를 발견해서 한참을 돌아왔지 뭐야. 많은 시련을 무사히 헤쳐나온 건 모두 네가 내 행운을 빌어주었기 때문이라 믿어.

편지에서 그녀 특유의 작게 킥킥대는 웃음소리가 들리는 것 같았다.

커다란 산이 해를 집어삼킬 때에야 도착한 마을은 이루 말할 수 없이 아름다웠어.

리리 네게도 이 풍경을 보여줄 수만 있다면 정말 좋을 텐데, 붉게 빛나는 태양과 하늘에 감탄해서 추위도 잊고 멍하니 서 있을 때 굉장히 푸근한 인상의 아주머니 한 분이 내게 말을 거셨어. 새로 이사 온다고 하던 사람이 당신이냐 물으며 내게 이 마을은 다른 마을들보다도 특히나 추우니 멍 때리고 있지 말고 잠시 들어와서 코코아라도 한 잔 하고 가라고 말씀하시더라.

그 아주머니는 내가 이사 온 집 근처에 있는 작은 빵집의 주인이셨어.

어쩐지 마차에서 내릴 때부터 고소한 냄새가 풍기더라니.

아주머니는 남편분과 함께 오래전부터 이 마을에서 빵집을 하고 계신다더라.

코코아가 다 식어버리고 하늘에 눈이 별과 함께 흩날릴 때까지 우리는 즐겁게 이야기를 나눴어.

정말 그 마을을 벗어나니깐 숨이 탁 트이더라.

내가 그 마을에서 여지껏 버틴 건 오로지 네 덕분이었어.

대화를 나누던 도중 아주머니의 남편분께서 새로 이사 온 처자를 이제 그만 보내주라고 호탕하게 웃으시며 말씀하셨어, 그제야 아주머니는 내게 너무 오래 붙잡아두어서 미안하다고, 자신과 이야기를 나눠줘서 고맙다면서 내일 아침으로 먹으라며 먹음직한 갈색빛을 띠고 있는 크로와상과 오렌지 주스를 손에 쥐어 주셨어.

즐거운 대화를 마치고 집에 돌아와 짐을 풀자마자 이렇게 네게 편지를 써.

여기 도착한 시간이 워낙 늦었던지라 마을을 세세히 둘러보진 못했지만 내 집 근처만 해도 아까 말했던 고소한 향을 풍기던 빵집, 멋있는 명패가 걸려있는 대장간, 유리벽 너머로 근사한 목걸이가 보이던 장신구점과 내가 갔을 때는 이미 문이 닫혀 있던 각종 식료품점들까지! 전에 있던 마을보다 규모가 배는 큰 것 같아.

내일은 우선 마을 여기저기에 얼굴을 비춰보려고, 일거리도 찾아야 하고..

굶을 순 없으니깐 말이지. 벌써 시간이 늦었네,

내일 아침 일찍 일어나 마을을 둘러보고 편지를 우체국에 맡기려면 슬슬 자야겠어.

네게 내 편지가 닿을 때 즈음엔 아마 나도 새 일자리를 구했을 거야. 너무 걱정하진 마.

언제 어디서든 너의 행복을 빌게. 친애하는 나의 친구 알리움, 안녕.

[추신. 나 없다고 절대 아침 굶지 말고 꼭 세끼 제대로 챙겨 먹어!]

알리움은 달리아에게로부터 온 편지를 읽고선 작게 실소를 터뜨렸다. 편지에서 장난스럽고 따뜻한 달리아의 성격과 정신 없었던 이사 첫날의 상황이 그에게 고스란히 전해져오는 듯한 느낌이 들었다. 달리아의 편지를 모두 읽은 알리움은 안경을 벗고 그의 결 좋게 곱슬거리는 머리칼을 헝클어트리며 한숨을 푹 쉬었다. 난로를 키지 않아 서늘한 방 안에서 그의 한숨이 희게 뭉쳐진 후 다시 흩어졌다.

사실 얼마나 걱정했는지 모른다. 누구와도 잘 어울려 지내는 달리아고 장난스런 성격 뒤에 숨어있는 꼼꼼하고 똑부러지는 성격을 모르는 건 아니지만, 아니 누구보다 잘 알지만 달리아와 이렇게 오랫동안 보지 않은 것이 처음이라 정작 새로운 곳에 발을 딛은 달리아보다 그가 더 긴장했던 것 같다. 달리아의 편지를 기다리는 한달 내내 그녀를 걱정했다. 물론 자신도 밤낮 할 것 없이 끝도 없이 쏟아지는 업무에 시달렸지만 말이다. 지금도 낮에 받은 편지를 업무에 치이고 치인 끝에 이슬이 내려앉을 즈음에야 그렇게도 고대하던 편지를 읽어내린 것만 해도 알 수 있다. 그녀에게 편지를 받자마자 답장을 하기로 맘 먹었던 그였지만 다짐을 조금 수정할 수 밖에 없었다. '잠시만... 아주 잠시만... 눈만 붙였다 일어나서 답장하자...' 창밖으로 동이 트고 있었다.

전날 밤 늦은 시각에서야 겨우 잠든 그는 오늘도 피곤에 절어 있었다. 그는 쏟아지는 졸음을 꾹 참고 자신의 편지를 기다릴 리아를 떠올리며 펜을 잡아들었다.

3월의 달리아에게, 달과 함께 잠에 드는 알리움이

리아, 편지 잘 받았어. 무사히 도착한 것 같아 정말 다행이야.

내가 얼마나 마음을 졸였는지 넌 모르겠지. 편지를 읽으며 나도 모르게 미소를 지었어. 네가 그 마을에서의 첫 발걸음을 성공적으로 내딛은 것 같아 나 역시도 기뻐. 네가 말한 그 마을의 아름다운 석양을 언젠가 너와 함께 꼭 볼 수 있었으면 좋겠어. 나는 그냥 그럭저럭 잘 지내고 있어. 일 때문에 조금 늦은 시각 잠든다는 점을 빼면 네가 가기 전과 달라진 점이 없는 것 같아. 일에 대해 리아 네가 궁금해할 것 같아 조금 덧붙이자면 네가 떠난 후부터 작게 사업을 하나 시작했어. 물론 사업과 별개로 원래 하고 있었던 자작님의 비서 역할도 병행하고 있자니 조금 버겁긴 하더라.

　가발이란 걸 유통해보려고 해. 노귀족들과 언제나 새로운 유행을 추구하는 영애들에게 인기가 많을 거야. 이 가발이란 걸 쓰면 머리카락을 자르거나 실제로 물들이지 않아도 언제나 다양한 모양, 다양한 색의 원하는 머리를 할 수 있어. 아직 재료를 특정하지는 못해서 사업구상 정도에 머물러 있지만 자작님께서 투자금을 조금 지원해주셔서 더 열심히 준비 중이야. 아마 내가 네 편지를 받고, 다음 답장을 보낼 때쯤이면 본격적으로 사업이 시작될 것 같아. 성공하게 된다면 네게도 꼭 하나를 보내줄게.

여기는 슬슬 라일락들이 꽃망울을 맺고 있어. 조금 성급한 녀석들은 벌써부터 꽃봉오리 밖으로 머리를 내밀고 있더라. 내일이나 내일모레 즈음이면 완전히 피는 녀석들도 볼 수 있을 것 같아. 말려서 편지에 조금 담아 보낼게. 라일락의 꽃말은 우정... 이라고 하더라. 네게 내 우정을 보내. 친애하는 달리아.

그는 달리아에게 라일락의 꽃말을 전하는 문장에서 첫사랑이라는 단어를 썼다 지웠다를 반복하다 결국 검은 잉크에 묻혀 보이지 않게 된 단어에 체념하고서 다음 문장을 이어가기 시작했다.

너와 편지를 주고받는 게 이번이 처음이라 어색해서 그런지, 아니면 오히려 너무 나누고 싶은 이야기가 많아서인지, 편지에 무슨 이야기를 적어도 마음에 차지가 않아. 달리아. 지금 여기도 노을이 예쁘게 지고 있어. 아. 잠깐, 노을이 아니라 일출이었어 달리아. 네가 지금 여기 있었다면 내게 제때제때 자야 건강도 유지하고 키도 클 수 있다고 잔소리했겠지?

편지를 쓰며 웃음을 참지 못한 알리움은 잠시 편지를 쓰는 것을 멈추고 창밖으로 떠오르는 태양을 닮은 듯한 얼굴로 미소를 지어 보였다. 자기 혼자서 달리아에게 하고싶은 말들을 편지에 적는 것뿐이지만 그의 편지를 읽고선 대체 편지에 뭐라고 써야 이 올빼미가 제 말을 들어줄지 고민하는 리아의 얼굴이 눈에 선했기 때문이었다.

알리움은 어느새 자신의 눈가에 조금 맺힌 눈물과 즐겁게 웃는 바람에 편지지에 조금 튀어버린 검은 잉크의 흔적을 가볍게 슥슥 닦아냈다. 그리고 편지지의 오른편으로 굴러가버린 펜을 다시 바로 잡고 이야기를 마무리할 인사말을 편지지의 끝부분에 채워 넣었다.

달리아, 네가 거기에서도 잘할 거라 믿어 의심치 않아. 내가 너의 버팀목이었듯이 너 역시도 나의 버팀목이었어. 네가 여태까지 날 도와주지 않았더라면 난 자작님의 비서도 될 수 없었을 거고, 나만의 사업을 시작할 생각은 정말 추호도 못했을 거야.

네가 무사히 좋은 일자리를 구했길 바래. 또 나 역시도 언제든, 어디에 있든 너의 행복을 빌게. 네 말대로 하루 세 끼 잘 챙겨 먹고 다닐 테니 너무 걱정마.

안녕, 달리아.

편지를 끝마친 그는 제자리에서 기지개를 켜고는 침대에 몸을 뉘였다. 푹신한 침대와 햇빛에 잘 말려져 따뜻한 냄새가 나는 이불은 언제 몸을 뉘여도 그를 은은히 미소 짓게 만들어 주었다.

사실 그는 타지에서 굶주림과 일자리를 걱정하던 달리아에게 언제든 자신에게 도움을 청하여도 된다는 말을 덧붙이려 했으나, 빚지는 것을 싫어하는 그가 그 문구를 모른 채 할 것을 알았기에 포기하였다.

피곤함에 잠깐 눈을 붙였던 그는 눈을 뜨자마자 자리를 박차고 일어나 급히 커튼을 열어젖혔다. 해가 중천에 떠 있는 것을 본 알리움은 속으로 욕을 삼키며 급히 나갈 준비를 했다. 침대에서 뛰쳐나가 욕실로 들어간 그는 머리를 거의 빨래하듯 감던 차에 어제 피곤함 탓에 흘려들어버린 자작님의 말을 떠올렸다.

"저런... 자네 안색이 너무 창백해 보이는군. 요새 잠은 제대로 자고 있나? 그대가 멀쩡해야 내 비서 업무도 잘 처리할 수 있을테니 내일 하루 정도는 좀 쉬다 오게. 그대의 비서 업무는 내일 하루 간 집사에게 맡길테니."

자작님의 걱정스런 표정이 머리를 스쳐가며 오늘이 휴가라는 사실을 깨달은 그는 탄식을 터뜨리며 열정적으로 머리를 감고 있던 팔을 바닥으로 늘어뜨렸다.

'하아... 정말이지...'

피곤에 절어버린 정신을 탓하며 샤워를 마치고 나온 그는 창밖의 풍경을 바라보며 어제 낮에 사온 크루와상과 커피를 먹었다. 달리아가 편지에 쓴 크루와상. 그는 이제 더 이상 얼굴을 마주보기 어려운 달리아와 조금의 일상이라도 공유하고 싶었다.

정말 간만의 여유였다. 창밖으로는 달리아가 그렇게도 질려한 마을이 보였다. 늘 변하지 않는 풍경. 매일 광장으로 나와 뛰노는 아이들과 작은 식료품 상점 앞에 모여 수다를 떠는 여자들. 늘 활기로 가득 찬 마을. 그는 별 영양가 없는 생각들을 곱씹으며 커피를 홀짝였다. 그는 서재에서 몹시 두꺼운 책 한 권과 안경을 들고 와 다시 나무 탁자에 앉았다. 창문으로 보이는 파란 하늘과 뭉게구름이 마치 그림과도 같은 풍경이었다. 맑은 하늘에서 내려오는 햇빛이 그의 외로운 오후를 따스히 비췄다.

해가 서너 번쯤 뜨고 지길 반복한 후, 언제와 같이 눈부신 햇살에 떠지지 않는 눈을 겨우 뜨고 창밖을 바라본 그는 라일락이 몇 송이가 만개한 것을 발견해 문밖으로 조심스레 발을 내

딜었다. 알리움은 연한 보라빛의 라일락을 올려다보며 문득 꽃이 달리아와 닮았다고 생각했다. 긴 머리가 거슬린다며 짧게 잘랐지만 곱슬기 없이 찰랑거리는 연보라빛 머리칼과 머리색보다 조금 진한 보라색이 연녹색과 오묘하게 섞여 늘 반짝이는 두 눈, 그리고 부드럽지만 강단 있는 그 성격은 영락없이 라일락을 닮아있었다. 물론 그녀와 동명의 꽃도 존재하긴 하지만 과하게 진한 색채와 부풀어 있는 모양새를 그는 그닥 좋아하지 않았고, 달리아도 매번 자신의 이름에 대한 이야기를 하며 불만을 토로했다. 그 꽃과 같은 그녀의 이름은 자신의 겉모습 말고는 볼 것이 없다 암시하는 것 같다며, 그 꽃이 설령 그렇지 않다해도 자신의 부모는 분명 그런 뜻으로 자신의 이름을 지었을 것이라며 투덜거렸었다. 달리아와 나누었던 이야기를 떠올리던 그는 자신이 출근 준비 중이었다는 것을 깨닫곤 급히 만개한 라일락 몇 송이를 따다 며칠 전 읽던 두꺼운 책 사이에 끼워두고 다시 집을 나섰다.

그가 말린 라일락을 담아 우체국에 편지를 맡긴 지 한 달이 조금 넘어갈 무렵 달리아에게 편지가 왔다. 휴가를 받았던 그 날보다는 아니었지만, 그래도 다크서클이 광대뼈까지 내려오던 나날들을 생각해보면 충분히 여유롭다 생각 되는 그런 오후였다. 마침 일도 거의 다 끝났겠다, 그는 달리아로부터 온 편지를 찬찬히 훑기 시작했다.

올빼미 알리움에게, 멋진 일자리를 찾은 달리아가

리리, 편지 잘 받았어. 말린 라일락이 정말 근사하더라. 맞아, 이맘때 쯤이면 네 집의 작은 나무 탁자에 앉아 창밖으로 보이던 라일락을 구경하곤 했는데, 그 풍경은 언제봐도 질리지 않았어. 불어오는 바람에 만개한 라일락들이 흩날리는 모습을 난 영원히 그리워할 거야. 편지를 받았을 때부터 달콤한 향기가 풍기더라니, 그 속에 말린 라일락들이 들어있을 거라곤 상상하지 못했어. 정말 고마워 리리. 보내준 라일락들은 차에 조금씩 띄워 마실게.

알리움, 네가 정말 하고 싶어 했던 일들을 하는데 드는 시간이고 네가 의미 없이 네 건강을 망치는 일을 할 거라고는 생각지 않아. 네 선택을 존중해. 그치만 네가 좋아하는 일을 오랫동안 하기 위해서라도 잠들 수 있는 시간에는 꼭 잠에 들기로 하자. 나와 약속해줄래?

편지를 쓰며 그의 건강을 걱정해주면서도 그가 한 선택을 존중해 주는 것이 못내 리아다웠다. 그의 퀭한 얼굴을 보면 모두 서둘러 자라고 말했다. 그들을 탓하는 것이 아니다. 물론 그들에게도 고마웠다. 어찌 되었든 그를 걱정해주는 말이니깐. 그래도 그가 가기로 한 길에 대해 알아주는 친구가 그에게 전하는 걱정은 다른 이들의 걱정과는 비교할 수 없이 크나큰 위로가 되었다.

아, 참 나 드디어 일자리를 구했어! 전에 내게 코코아를 건네주신 빵집 아주머니 기억해? 그분께서 내가 일자리를 찾고 있다고 하니 안 그래도 자기 가게에 일손이 부족해서 일할 사람을 찾고 있었다고, 자기 가게에서 일해보지 않겠냐고 권해주셨어. 정말 내게 고마우신 분이야. 내가 빵집에서 일을 하게 되다니! 일을 한지 한 달 정도가 지났지만 하루하루가 정말 즐거워. 아침마다 고소한 향이 가득한 빵집으로 출근한다는 게 이렇게 멋진 일인 줄은 몰랐어. 아주머니 부부의 빵은 아주 특별해. 한 입 베어물 때마다 모락모락 피어오르는 연기, 그 폭신하고 쫄깃한 식감하며 노릇하게 구워진 빵이 내는 먹음직스런 갈색빛까지. 내가 일하는 가게여서 그런 게 아니라 정말로 이렇게 맛있는 빵은 아주머니네 가게에서만 맛볼 수 있을 거야. 아주머니네 빵집은 정말 인기가 많아. 그래서 빵집을 닫기도 전에 빵이 다 팔려버릴 때도 있어. 그렇지만 아주 가끔씩 빵이 조금 남을 때가 있는데(가령 비가 올 때라던가 말이야) 그럴 때마다 아주머니께서는 항상 내게 그 빵을 주시곤 해. 그렇게 얻은 빵을 일을 모두 마친 후 따뜻한 코코아와 함께 마시면 이게 진정한 행복인가 싶다니깐.

다행히 마을 사람들과는 금방 친해졌어. 사실 텃세 같은 게 있으면 어쩌나 하고 조금 걱정했는데 정말 다행이야. 모두 좋은 분들이신 것 같아. 새 친구들도 꽤 사귀었어! 섭섭해하진 마. 내겐 언제나 네가 최우선이야. 이 사실은 아마 영원토록 변치 않을 거야. 여튼 새로 사귄 친구들에 대해서 조금 소개해볼게. 먼저 대장간 아저씨의 딸인 조이. 대장간에서 나고 자라서 그런지 무기류에 대해서 아주 잘 알고 있어. 얼굴에는 주근깨가 많이 있는데, 조이의 활발하고 장난스런 성격과 아주 잘 어울리는 것 같아. 그리고 언덕 너머 마을과 조금 떨어진 곳에 사는 나무꾼 아저씨의 아들인 케일과 케인. 둘은 쌍둥이인데도 성격은 완전히 정반대야. 케인보다 조금 더 먼저 태어난 케일은 조이와 자주 어울려 다녀. 둘과 함께 있으면 정말 조용할 틈이 없다니깐? 반면 케일의 동생인 케인은 아주 조용하고 책을 좋아해. 움직이는 걸 별로 좋아하지 않는 것 같은데도 우리가 함께

가자고 하면 묵묵히 따라와 주는 좋은 친구야. 그리고 마지막으로 장신구점 아주머니의 딸인 로레인. 로레인은 음… 사실 로레인과는 몇 마디 못 나눠봐서 잘 모르겠어. 어릴 적에 큰 사고를 당한 이후 말을 할 수 없게 되었다고 빵집 아주머니께 얼핏 들었어. 정확히 무슨 사고인지는 아주머니도 모르시는 것 같더라. 이 마을에서는 매년 3월에 풍년을 기원하는 축제가 열린대! 일주일 정도 뒤에 열린다고 하던데 앞서 말한 친구들과 함께 가보기로 했어. 여기에 너도 있었으면 정말 더할 나위 없었을텐데. 이럴 때마다 정말 너의 빈자리를 실감하게 되는 것 같아. 네가 그리워, 리리.

알리움은 입에 머금고 있던 커피 한 모금을 목 뒤로 넘기고선 자신도 모르는 사이 작게 중얼거렸다.

"나도 네가 그리워 달리아."

어느덧 알리움의 시간에 노을이 지고 있었다.

빵집 일을 모두 마치고 와 급히 편지를 썼더니 벌써 해가 다 져버렸어. 내일도 빵집에 가서 부지런히 일을 하려면 일찍 자야 할 것 같아. 별일이 없다면 다음 편지에는 축제에 관한 이야기를 담아볼게. 리리. 이 편지에 네게 닿을 시간이 언제일지는 잘 모르겠지만 어쨌든 오늘 하루도 정말 수고했어. 좋은 밤 되길 바라. 리리. 안녕.

리아의 편지를 모두 읽은 알리움은 복잡한 기분에 휩싸였다. 분명 리아에게 좋은 친구들이 생긴 것은 축하할 일이지만 어릴 적부터 서로에게 서로뿐이라서, 거의 가족처럼 의지했던 둘의 사이에 타인이 낀다는 것은 감히 상상도 못해 보았던 일이라서, 이 조금 불쾌하면서도 울렁거리는 감정을 뭐라 칭해야 할지 도저히 갈피를 잡을 수가 없었다. 입은 분명 축하한다는 말들을 머금고 있었지만 그의 마음은 처음 배를 탄 사람과도 같이 약간의 불쾌함을 담은 채 울렁거리고 있었다. 그렇게 그의 감정이 누구도 눈치 채지 못한 채 조금씩 색을 입혀가고 있었다.

그는 울렁거리는 자신의 기분을 잠재우기 위해 달리아에게 답장을 쓰는 것을 잠시 뒤로 미뤄두고선 전에 미쳐 다 읽지 못했던 그 두꺼운 책의 중반부를 다시 펼쳐내었다. 그러나 알리움은 도저히 책의 내용에 집중할 수 없었다. 그도 그럴 것이 책은 알리움의 취향과는 전혀 맞지 않는, 리아가 자신이 가장 좋아하는 로맨스 소설이니 너도 꼭 한 번 읽어봤으면 좋겠다고 두고 간 책이었으며, 달리아의 편지를 읽고 난 후 그의 마음에 피어올랐던 형태가 모호한 감정들이 사그라들지 않고 자꾸만 짙어지고 있었기 때문이었다. 결국 그는 그 책조차도 펼친 지 얼마 되지 않아 다시 덮어 버릴 수밖에 없었다. 알리움은 간만의 독서를 포기한 채 라일락 나무 사이로 내려쬐는 오후의 나른한 햇살에 서서히 젖어 들었다.

그가 정신을 차렸을 때는 이미 해가 다 져버려 차가운 공기가 내려앉은 안개 짙은 밤이었다. 슬슬 낮의 날씨는 따뜻해지고 있었지만 밤공기는 여전히 쌀쌀했다. 하지만 그런 공기 탓일까, 잠에 들기 전만 해도 혼잡했던 그의 속이 차분히 가라앉은 것이 느껴졌다. 그는 오지 않는 잠에 낮에 마신 커피를 탓하며 어느새 저 멀리 굴러 가버린 검은 잉크를 가져와 깃펜을 움켜쥐었다.

부지런한 내 친구 리아에게, 변덕스러운 날씨와 함께 리리가

일자리 구하게 된 거 정말 축하해, 리아! 네가 좋은 사람과 함께 일하게 되어서 정말 다행이야. 다음에 만나게 된다면 나에게도 그 빵집이랑 네 친구들을 꼭 소개해줘. 네 편지를 읽으면 읽을수록 그 빵집의 빵을 꼭 맛보고 싶어져. 그리고 충고도 고마워. 잘 새겨듣도록 할게.

4월이 찾아온 이곳의 날씨는 정말 변덕스러워. 덩달아 내 마음도 혼잡해지는 듯한 기분이야. 아침에 찬 바람이 세차게 불어서 조금 두껍게 입고 외출을 하면 낮 즈음이 되어서는 뜨거운 해에 못 이겨 땀을 흘리고, 또 낮에 더워질 것을 예상하여 조금 가볍게 입고 집을 나서면 해가 저무는 순간 추위에 떠는 것이 일상이 되어버렸어. 이 편지가 네게 닿고 다시 내게 돌아올 때쯤이면 날씨가 따뜻해져 있을까?

참, 네가 두고 간 책을 읽어보려 했지만 역시 내겐 무리였나 봐. 반절도 못 읽고 덮어버렸어. 책은 조만간 네게 다시 보내줄게. 이곳의 풍경은 매일매일 똑같아. 네가 왜 이곳을 떠나고 싶어했는지 조금은 알 것 같아. 변하지 않는 사람들, 변하지 않는 사람들의 대화 주제, 변하지 않는..

리아에게 보낼 편지를 쓰며 생각이 생각을 물고 늘어졌다. 그의 정리되지 못한 펜이 잉크를 타고 흘러 종이를 검게 물들였다. 아차, 정신을 차리고 작은 한탄사를 내뱉은 그가 옷의 소매로 대충 종이에 스며들지 못한 잉크를 닦아내었다. 잉크를 닦아내었음에도 종이에 검은 자국이 남았다. 그의 마음에도 비슷한 얼룩이 생긴 것 같은 기분이 들었다.

미안, 리아 잠시 다른 생각을 해버렸네. 모른 척 넘어가주겠어? 요즘따라 다른 생각을 더 많이 하게 되는 것 같아. 네가 여기 있을 때에는 이 끊이지 않는 생각의 고리를 언제나 갑작스레 나타난 네가 끊어주었었는데 말이야. 사람들은 피곤하면 어떤 생각도 할 수 없게 된다 하던데, 이상하게도 난 몸이 지치면 지칠수록 잡생각이 더 많아지는 것 같아. 너는 어떤가 물어보고 싶지만 네게 이만큼 피곤할 일이 생기지 않길 바라. 창밖에 보름달이 예쁘게 떴어. 네게도 보일까 궁금해. 네 친구들과의 축제 이야기가 기다려진다.

리아, 아무래도 이번 달에는 가발을 보내주기 힘들 것 같아. 네 말대로 낮과 밤을 바꿔 지내다보니 몸이 조금 안 좋아져서 사업의 시작을 조금 미루기로 했어. 자작님께서도 양해해 주신다고 하셨고... 그래도 사업이 성공하면 네게 제일 먼저 보여주고 싶어. 이번 편지는 이만 줄여야 할 것 같아. 안녕 리아. 몸 건강히 지내길.

편지를 쓰던 중 급격히 나빠지기 시작한 몸 상태에 그는 급히 편지를 끝마쳤다. 최근 사업 개시 예정일이 얼마 남지 않아 무리했지만 아무리 밤낮으로 일해도 예정일에 맞추긴 어려워 보였다. 하지만 처음으로 자신에게 쏟아지던 많은 기대, 특히 자신을 믿고 투자까지 해주신 자작님의 기대를 미처 저버릴 수 없어 정말 미친 듯이 일했다. 이런 그를 보면 리아는 미련하다 말하겠지. 그러던 어느 날 아침, 평소처럼 자작님의 사무실 문을 열고 인사를 건네려 했지만 순간, 눈앞이 점멸했다. 그가 풀썩 주저앉는 것을 본 자작님이 이대로 가다간 사업을 개시하기도 전에 그가 명을 달리할 것 같다며 개시일을 조금 미루자 제안해주셨고, 명백히 느껴지는 자신의 몸 상태에 알리움은 그 제안을 받아들일 수밖에 없었다. 그 이후로 조금 긴 휴가를 받은 그는 휴식을 취해 몸 상태를 원래대로 되돌리는 것에 집중했다.

알리움이 건강을 거의 회복하고 자신의 사업에 집중하던 5월의 어느 날. 그에게 달리아의 편지가 전해져왔다. 별생각 없이 달리아의 편지를 들어 올린 그는 조금 놀랄 수밖에 없었다. 평소에도 자신의 이야기를 세세히 전해오던 달리아였지만 이번에는 그 편지의 두께가 남달랐다. 그녀에게 좋은 일이 생겨 자신에게도 그 기쁨을 나누기 위한 것이라면 다행이지만 혹시라도 그녀에게 무슨 일이 생긴 건 아닐까 불안한 마음으로 알리움은 급히 편지봉투를 뜯어 내용을 확인해 보았다.

축제를 즐겁게 보내고 너를 걱정하며 달려가, 여름과 맞닿은 달의 리리에게

리리! 새삼스럽지만 한 달 만의 편지야. 정말 즐거웠던 나날들을 너와 함께 나누고 싶어 열심히 편지를 썼더니 조금 내용이 많아졌네. 너무 놀라진 않았길 바라!

나 역시도 네게 지금 내 곁에 있는 사람들을 꼭 소개해주고 싶어. 아, 참 책은 돌려주지 않아도 괜찮아. 사실 네게는 조금 힘들 것 같다고 생각했었어. 사실 그 소설을 읽고 있는 너는 나도 상상할 수 없었거든. 그래도 내 정성을 봐서 그냥 장식품이라고 생각하고 책장에 두어줄래? 정말 지루할 때 조금씩, 한 장씩 읽어봐.

그리고 리리, 미안해하지 않아도 괜찮아. 네 건강이 최우선인걸. 조급해하지 말고 천천히 한 발자국씩 내딛어보는 거야. 너라면 반드시 성공적으로 해낼 수 있을 거야. 언제나 널 믿고 지지해주는 사람들이 있다는 걸 잊지마, 리리.

네가 궁금해하던 축제 이야기를 해줄게! 저번에 얘기해주었던 조이, 케일과 케인, 로레인과 함께 다녀온 축제는 정말 환상적이었어. 이런 축제가 매년 열린다니 정말 마법같이 느껴져. 풍년을 기원하는 축제라서 그런지 축제를 즐기는 사람들의 얼굴이 더 활기로 가득차 보였어. 우리가 가장 먼저 한 건 축제의

먹거리를 즐기는 거였어. 축제에는 달콤한 향을 풍기는 과일주부터 치즈, 닭꼬치, 사과파이, 내가 좋아하는 크루와상까지 있었지. 품에 한가득 안고선 친구들과 함께 축제를 즐겼어.

그다음에는 길거리를 돌아다니다 발견한 다트게임을 했어. 돈을 조금 내면 다트 10개를 주는데 그걸로 풍선을 터뜨리면 상품을 주는 게임이었어. 나와 조이, 케일이 참여했고 케인은 잠시 서점에, 로레인은 먼발치에서 솜사탕을 먹으며 우리를 기다렸어. 조이와 케인은 각각 7개, 6개를 터뜨려서 인형과 자그마한 말 장난감을 받았어. 그리고 내가 몇 개나 맞췄는지 알면 깜짝 놀랄 걸? 9개! 내가 9개를 맞췄어 리리! 사실 나도 내 운동 신경이 어떤 지 아니깐 별 기대 안 했는데! 상품으로 작은 초록색 보석이 박힌 브로치를 받았어. 다른 상품들도 있었지만 브로치의 초록색 보석이 네 눈과 꼭 닮아 너를 떠올리게 했어.

또.. 아! 맞아 광장에서 하는 작은 연극을 보러 갔었는데 말야. 솔직히 말해서 내용은 그저 그랬어. 어릴 적 엄마가 읽어줬던 동화책처럼 그저 연약한 공주님이 백마 탄 왕자님에게 구해지는 스토리. 정말 이제 질릴 때도 되지 않았나 싶은데 말야. 그래도 배우들의 열연과 축제에 분위기에 취해 나름 즐거운 시간을 보냈던 것 같아. 연극이 끝난 후에 사람들이 분주히 움직이

길래 이동하지 않고 친구들과 구석에 모여 연극에 대한 이야기를 나누고 있었는데 어느새 광장에 커다란 장작더미가 들어선 거 있지! 그리고 마을 사람들이 곧장 그 장작더미에 불을 붙였어. 커다란 장작더미를 집어삼킨 불이 화려한 자태를 뽐내며 피어올랐어. 이윽고 사람들이 손을 잡고 불을 둥글게 둘러싸기에 우리도 거기에 맞춰 각자 흩어져 낯선 이들과 손을 맞잡았어. 우리는 붉게 타오르는 불길의 주위를 몇 바퀴 빙글 돌다 또다시 흩어지는 사람들에 맞춰 몇 번이고 이상한 춤을 추었어. 사람들이 흥에 겨워 추는 춤에는 순서도, 정해진 모양도 없었지만 누구 하나 가만히 있지 않고 각자 자기만의 춤을 뽐내는 것이 정말 인상 깊었어. 장작이 거의 다 타오르자 사람들은 자신과 손을 맞잡았던 상대에게 인사를 하고선 다시 자신의 길을 걸어갔어. 그제서야 나도 친구들과 다시 합류해 방금 있었던 마법 같았던 순간에 대해 이야기를 나누었어. 게다가 조이는 잘생긴 소년과 춤을 추었다며 사랑스러운 주근깨가 있는 뺨을 살포시 감싸며 말해주었어. 케일이 불쌍하지만 이런 건 본인이 알아채야 가장 의미있는 거니깐!

짓궂게 웃는 달리아의 웃음소리가 그의 귓가에 맴돌았다. 달리아는 항상 누군가에게 작은 장난을 치고선 그에게 그 장난에 대해 이야기해 주며 그렇게 웃었었지.

지나가는 길에 달콤한 과일 주스 한 병과 샌드위치를 사서 허기진 배를 채웠어. 고기가 가득 들어 짭짤하고 고소한 샌드위치를 한입 가득 베어 문 다음 시원한 과일 주스를 한 모금 마시면 고기 때문에 텁텁해진 입을 새콤달콤한 과일 주스가 깔끔하게 정리해 주는데! 정말 축제 음식이 이렇게까지 맛있을 줄은 몰랐어. 허기졌던 배를 든든히 채우고 우리는 계속해서 많은 사람들 속을 걷던 도중 갑자기 밀려드는 인파에 친구들과 떨어지게 됐어. 케인과 케일, 그리고 로레인이 인파에 휩쓸려갔고 나와 조이는 친구들 보다 구석에 있었던 탓인지 몰려오는 인파를 버텨낼 수 있었어. 친구들을 찾기 위해서 인파가 휩쓸고 간 쪽으로 조이와 함께 뒤늦게 향하다 작은 노점상들이 모여있는 곳을 발견해서 그곳으로 향했어. 어떤 노점상은 커다란 서점에서도 볼 수 없었던 다양한 책들을 팔았고 또 어떤 노점상에서는 다양한 장신구를 팔기도 했어. 그 옆에는 다른 노점상들보다 네 배는 커다란 노점상도 있었는데 거기서는 무기류를 판매하고 있었어! 무기들을 자세히 본 건 처음이었는데 알고 보니 조이네 아버지, 매튜의 노점상이었어. 매튜는 조이의 친구라면 자신에게도 딸과 같은 존재라며 선물로 장식구용 단검을 주셨어. 무기를 잘 모르는 내가 보아도 꽤나 질 좋아 보이는 단검이었기에 값을 지불한다 이야기했지만 매튜와 조이가 극구 말려서 결국 값은 지불하지 못하고 대신 다음번에 맛있는 것들을 사서 대장간으로 놀러 가겠다 말씀드렸어.

다시 친구들을 만난 건 축제장 근처에 있는 호수에서였어. 아무래도 인파 속에 있으면 우리가 찾기 힘들다고 판단했던 거였겠지. 호수에서 만난 로레인의 안색이 좀처럼 좋지 않아 보여서 괜찮은지 물어봤지만 로레인은 자신의 손을 꼭 쥐며 괜찮다고 대답할 뿐이었어. 운이 좋게도 우리가 가게 된 호수는 정말 아름다웠고 호수에서는 아름다운 밤의 호수를 가까이서 즐길 수 있는 배가 준비되어 있었어. 한 배에 두 명이 탈 수 있었던지라 케일과 조이, 로레인과 나, 그리고 케인은 혼자가 편하다며 혼자 배에 탑승했어. 안 그래도 다른 친구들과는 많이 편해졌는데 로레인은 워낙 말 수가 없는 친구라서 언제쯤 친해질 수 있을까 하고 고민하고 있었는데. 하늘이 내게 내려준 기회라 생각하며 로레인에게 말을 붙였어. 좋아하는 음식과 옷 그리고 취미생활 등등 나는 많은 것들을 로레인에게 물어봤고 로레인도 싫지 않은 기색으로 내 질문에 성실히 대답해 주었어. 마지막에 로레인의 얼굴에는 은은한 미소가 띄워져 있었는데 아직까지도 그 미소를 떠올리면 나까지 기분이 좋아지는 것 같아.

우리보다 먼저 배에서 내려 기다리고 있던 케인과 함께 다음엔 어디로 갈지 이야기하며 케일과 조이를 기다렸어. 하늘빛에 가려져있던 옅은 별 몇 개가 눈에 띄게 될 때 즈음 케일과 조이가 배에서 내려 우리와 합류했고 우리는 다시 축제가 진행되던 곳으로 향했어.

다시 축제가 진행되던 곳에 도착했을 때에는 대부분의 사람들이 집으로 돌아간 후였어. 아까와 달리 텅텅 비어버린 거리를 보며 조금 쓸쓸한 기분도 들었지만 그래도 친구들과 함께하니 나름 운치있게 느껴졌었던 것 같아.

그 후에는 근처에 있는 소원 풍등을 날릴 수 있는 곳으로 발걸음을 돌렸어. 아까의 텅 빈 거리는 온데간데없이 얼굴에 미소를 띤 사람들로 가득한 곳에서는 행복감이 묻어 나오는 웃음소리와 말소리가 끊이지 않아 덩달아 나까지 웃음 짓게 만들었어.

잠시 동안 마치 꿈속인 것만 같은, 그 따뜻한 분위기에 취해 있다 가장 먼저 정신을 차린 케인이 우리를 풍등을 팔고 있는 노점의 앞으로 이끌었어. 각자 자기 머리만한 풍등을 품에 안고 발길이 닿는 곳으로 가 각자의 소원을 쪽지에 담았어.

리리, 그거 알아? 한 사람의 생에서 그 사람이 가장 간절히 염원한 소원은 반드시 이루어진대. 너는 반드시 이루어질 수 있는 소원을 빈다면 어떤 소원을 빌고 싶어?

편지를 읽던 도중 그는 예상치 못한 질문에 잠시 편지를 읽는 것을 멈추었다. 달리아는 언제나 예상하지 못한 부분에서 오랫동안 고민해야만 답을 줄 수 있는 질문들을 아무렇지 않게 그에게 툭툭 던져주곤 했다. 달리아는 자신이 던진 질문에 대해 답을 바라진 않았지만 그는 꼭 그녀가 던진 질문을 곱씹고 곱씹으며 질문에 대한 답을 돌려주곤 했다. 답을 바란 질문은 아니었지만 해답을 들려줄 때면 언제나 귀 기울여 들어주는 것을 보며 더욱더 그녀의 질문에 답하려 노력했다.

잠시 감상에 젖었던 순간을 뒤로하고 그는 다시 편지의 내용에 집중했다.

친구들과 각자 소원을 적은 작은 쪽지를 풍등 속에 넣고 불을 붙였고 누군가의 신호에 맞춰 일제히 풍등을 하늘로 날렸어.
맞아, 리리. 네가 내게도 보여주고 싶다고 얘기해 주었던 크고 동그란 보름달이 축제날 떴어. 달님도 네 얘기를 들었었나 봐. 그날, 밝게 빛나는 달과 그 주위로 별과 같이 하늘을 수 놓는 풍등들을 보며 잠시 네 생각을 했던 것 같아.

　내가 그날 적은 소원은 네가 여기로 와 나를 만나게 될 때. 그 때 말해줄게, 리리.

　축제가 끝난 후에 친구들과 다음을 기약하며 헤어져 집으로 왔어. 벌써 그 축제가 두 달 전이라니 시간이 정말 빨리 가는 것 같아. 내가 여기서 지내는 일상들이 즐거워질수록 네가 내 곁에 없다는 사실이 더 크게 느껴져. 너도 그럴까? 답장 기다릴 게, 리리, 그때까지 안녕히!

　달리아의 편지를 모두 읽은 후에야 그는 달리아에게 첫 편지 를 받았을 때와 같이 두근대던 심장을 간신히 진정시킬 수 있 었다. 한숨 돌리고 다시 창밖을 보니 청록의 계절이 다가오는 것이 보였다. 어느새 보랏빛의 깃털과 같았던 라일락 꽃잎들이 모두 떨어지고 비어버린 자리를 새파란 나뭇잎들이 채워나가고 있었다. 편지를 받은 오후엔 따뜻한 햇볕이 창틈으로 스며들던 때였고, 마침 자작님께 보고서를 성공적으로 제출한 후였기에 가벼운 마음으로 따뜻한 커피 한 잔과 함께 깃펜을 들었다.

　떠들썩한 하루를 보내고 있는 리아에게, 조금은 가벼워진 마

음으로 알리움이

안녕, 리아. 첫 축제를 성공적으로 보낸 거 정말 축하해. 편지의 내용대로 네가 즐거운 시간을 보냈길 바라. 아, 조만간 가발을 보내줄 수 있을 것 같아! 저번 휴가를 보낸 이후로 몸 상태가 많이 호전되어서 자작님께 첫 사업 시작에 대한 보고서도 성공적으로 제출했어. 자작님께서도 그간 고생하셨다며 어깨를 토닥여주셨어. 이번 답장과 함께 네게도 가발을 보내줄게.

리아, 네가 이 편지를 받을 때 즈음이면 네 생일은 지났을까? 부디 내 편지와 선물이 네게 빨리 닿아줬으면 좋겠다. 미리 생일 축하해. 태어나줘서 정말 고마워.

보고 싶어 리아.

네게 줄 가발의 색을 무슨 색으로 할지 정말 많이 고민했어. 그러던 중 네가 예전에 네 머리칼이 많은 사람들과 같은 노란색이었다면 어땠을까 하고 내게 물었던 게 생각이 나서 색을 노란색으로 정했어. 햇빛을 받으면 하얗게 반짝이는 금발의 머리칼을 가지게 된 너를 상상하긴 어렵지만 그래도 막연히 잘 어울릴 것 같은 건 나만의 생각일까? 하지만 어떤 머리칼 색도 네 연보랏빛 머리칼보단 못하겠지. 그래도 네게 주기 위해 더 열심히 만들었으니 네가 좋아해 줬으면 좋겠다.

그와 달리아는 어릴 적부터 부모님을 여의고 서로가 서로에게 의지하며 살았다. 하지만 어린아이 둘이 보호자 없이 살아남기엔 세상은 너무 가혹했고 겨우 목숨줄만 붙잡은 채 버티고 있던 그들을 자작님이 거두어주셨다. 자작님은 그들을 데리고 자신의 영지로 돌아가셨다. 영지를 하사받은 지 얼마 되지 않아 자작님께 큰 힘이 있는 것은 아니었지만 신뢰감을 주는 말과 행동으로 차차 인망을 쌓아 올리시던 자작님이 데려오신 아이들은 호기심의 대상이 되었다.

별 볼 일 없는 성격 흔하디흔한 갈색 머리칼과 외모를 가져 금방 관심이 식어버린 그와 달리 라일락을 닮은 듯한 독특한 연보랏빛 머리칼과 불의를 지나치지 못하고 자신의 의견을 굽히지 않는 성정을 가진 달리아를 향한 관심은 쉬이 사라질 기미가 보이지 않았다. 그리고 언제나 그렇듯이 그 관심 속에는 악의 역시도 숨어 있었다. 자작님이 손수 거둬들이신 아이들이니 대놓고 손가락질하지는 못했지만 묘하게 달리아를 무시하고 배척하는 분위기는 달리아가 마을을 떠나기 전까지 계속되었다. 달리아를 가장 괴롭게 한 소문 중 하나는 머리카락에 대한 것이었다.

'죽음과 고통, 우울과 광증을 대표하는 색인 보라색, 그 색을 머리칼에 품고 있는 저 소녀는 마녀인 것이 분명하다.'라는 소문이었다. 그 소문으로 견디기 힘들어질 때면 달리아는 언덕에 앉아 노을이 지는 풍경을 바라보며 내게 말했다.

"내 머리카락이 저 노을을 받을 때는 붉게 빛나고, 푸르른 하늘 밑에 서 있을 땐 찬란히 빛나는 금발이었다면, 그랬다면 미움받지 않았을까?"

그럴 때마다 그는 달리아에게 네 머리카락보다 아름다운 색은 없을 거라고, 네 머리카락은 초봄에 고고히 꽃을 피워내고야 마는 라일락을 닮았다고 답하곤 했다. 그런 대답을 들을 때면 달리아는 언제나 노을보다 더 해사하게 웃어 주었지만 그 웃음에는 그늘이 있었다. 가발 사업을 생각하게 된 것도 이 때문이었다. 달리아의 소망을 들어주고 싶다는 생각으로 시작해 그의 꿈이자 목표가 된 사업. 그렇기 때문에 달리아에게 꼭 이 가발을 선물로 주고 싶었다.

혹, 써보고 나서 불편한 점이나 문제가 생긴다면 꼭 알려줘.

넌 매번 내게 새로움을 편지에 가득 담아 보내주는데, 난 매번 똑같은 이야기, 사업에 관한 이야기들 뿐이라 면목이 없네.. 아, 최근 강아지 한 마리를 키우기 시작했어. 얼마 전부터 낯선 개 한 마리가 마을을 떠돌기 시작했는데 자작님네 성 뒤편에 터를 잡더니 출산을 했어. 초산이었는지 낳은 강아지는 한 마리뿐이었고 어미 개는 기력을 다했는지 출산 직후 숨을 거두었어. 모두 혼자 남게 된 아기 강아지의 처우에 대해 고민했고 결국에는 내가 데리고 오게 되었어. 부모를 잃고 혼자 남은 게...

알리움은 마지막 문장을 잉크가 잔뜩 묻은 펜으로 몇 번이고 선을 그었다.

아직 눈도 못 떴지만 하루종일 열심히 꼬물대고, 먹고, 자고 있어. 열심히 살아보려 하는 것 같아 기특해. 괜찮다면 이 강아지의 이름은 네가 정해주었으면 좋겠어. 너도 알다시피 내 작명 센스가... 하하, 이 강아지 굉장히 특이하게 생겼어. 몸은 여타 강아지들과 비슷하게 검은색인데 눈이 파란색이야. 호수처럼 빛나는 것 같아. 자작님과 성 고용인분들께 깜순이 어때요? 라고 했다가 몰매를 맞았어...

깜순이... 라고 지으면 화낼 거지? 편지 기다릴게. 강아지의 이름을 위해서라도.

다시 한번 생일 축하해. 좋은 하루 보내길. 리리.

[추신. 가발을 쓰지 않을 때에는 환기가 잘 되는 곳에 걸어서 보관하면 돼]

편지를 끝마친 그는 펜을 내려두고 강아지의 밥을 챙겨주기 위해 의자에서 일어났다. 따뜻하게 데운 우유를 손가락에 묻혀 한 방울씩 강아지의 입으로 흘려 넣어주었다. 손바닥에서 시작해 온몸으로 전달되는 그 따뜻함과 작지만 확실히 들리는 고동 소리에 알리움은 자신의 온몸에서 어린 새싹이 피어오르는 듯한 기분을 느꼈다.

사업 개시와 함께 강아지를 돌보게 된 그는 자작님의 성으로 출근하며 느끼게 된 태양의 뜨거움으로 인해 그제야 어느새 두 달이 지나버렸다는 것을 알게 되었다. 사업은 그를 떼부자로 만들어줄 정도는 아니었지만 지속적인 수요가 있어 자작님과 그의 기대를 충족시켜주었고 눈도 뜨지 못했던 강아지는 어느새 이빨이 돋아나기 시작하며 그의 집에 있는 온갖 나무 가구들에 자신의 흔적을 남기고 있었다. 일을 끝마치고 집으로 돌아온 그는 어느덧 길어진 해와 끊임없이 들려오는 풀벌레 소리 아래에서 달리아에게 온 편지를 뜯어보았다.

새 가족과 함께하게 된 리리에게, 과거를 추억하며 달리아가 알리움, 내 생일을 축하해 줘서 정말 고마워. 가발 잘 받았어. 정말정말 아름답더라. 결 좋은 머리칼에서 그동안의 네 노고가 고스란히 느껴지는 것 같아. 가발을 쓴 모습을 네게 보여줄 수 없다는 점이 너무 아쉬워.

네가 걱정했던 것과 달리 편지와 선물은 내 생일 이틀 전에 도착했어. 내 생일날 가발을 쓰고 모두를 놀래켜주기 위해 얼마다 고대했는지! 당장이라도 네가 선물해준 가발을 쓰고 모두에게 자랑하고 싶은 마음을 겨우겨우 억눌렀지 뭐야.

생일 날 저녁이 되자 누군가가 문을 두드려서 열어봤더니 친구들이 나를 반겨줬어.

그러고는 손으로 내 눈을 가리더니 어딘가로 향하더라.

친구들의 손에 눈이 가려진 채 도착한 곳은 빵집이었어. 빵집에 들어가자마자 모두 '생일 축하해, 달리아!'라고 외쳐주었어. 그러고는 아주머니가 내 손을 이끌어 식탁에 앉히셨어. 식탁 위엔 커다란 생크림 케이크와 다양한 쿠키, 음료수들이 놓여 있었지. 맛난 간식들을 먹으며 도란도란 이야기를 나눴어. 즐거웠던 축제날의 이야기부터 각자의 일상들이 한데 모여 분위기를 한층 더 고조시켰어. 그다음으로는 친구들과 아주머니, 아저씨의 선물 증정식이 있었는데 조이는 전에 내게 주었던 단검에 장식할 *술을 주었어. 진한 보라색 빛 실로 만들어져 있었는데 흔들 때마다 살랑거리는 실들이 바람에 흩날리는 라일락 꽃들을 연상시켰어. 케일과 케인은 커다란 꽃다발과 함께 여러 권의 책을 선물로 줬어. 꽃다발의 케일의 아이디어였고 책은 케인의 아이디어였지. 책이 하나같이 모두 내 취향의 책들이라 어떻게 알았는지 물어봤더니 전에 몇 번 함께 서점에 갔을 때 파악해뒀다고 하더라고. 눈썰미가 대단하다고 생각했어. 로레인은 머리핀을 줬는데 머리에 꽂는 부분이 조이가 준 단검보다 더 날카롭게 갈려있었어. 내 손에 머리핀을 꼭 쥐어주는 로레인의 손이 약간 떨려 보인 건 내 착각이었을까? 빵집 아주머니와 아저씨는 내가 가장 좋아하는 크로아상과 과일 주스를 바구니에 가득히 채워주셨어. 구우신 지 얼마 안 됐는지 고소한 냄새가 솔솔 풍기더라. 마지막으로 네가 준 가발을 머리에 썼어. 내 가장 친한 친구가 선물해 준 거라고 하니깐 모두 친구가 널 많이 아끼는 게 보인다고 잘 어울린다며 칭찬해 주었어. 여름이라 그런지 해가 굉장히 늦게 저무는데도 불구하고 창밖이 온통 새까맣게 물들 때까지 함께 담소를 나눴어.

  정말 즐거운 하루였는데도 어쩐지 집에 오니 쓸쓸한 기분을 떨쳐낼 수 없었어. 너와 함께하지 않은 생일은 이번이 처음이라 그런가? 이런 기분이 싫으면서도 익숙해지진 않길 바라.

---

* 술 : 가마, 기, 끈, 띠, 책상보, 옷, 검 등에 장식으로 다는 여러 가닥의 실

음... 복잡하다... 하하.

　지금은 네가 말해준 대로 환기가 잘 되는 창가에 가발을 걸어
두었어. 햇빛이 들이칠 때마다 눈이 부실 만큼 찬란히 빛나는
금발이 정말 아름다워. 네게 다시 한번 감사를 표할게, 리리.

　그나저나 알리움... 대체 왜 몇 년이 지나도 네 작명 센스는 변
하지 않는 걸까...

　깜순... 깜순이라니 내게 물어봐 줘서 고마워. 내가 꼭... 꼭! 좋
은 이름을 지어줄게.

　자작님과 고용인분들이 말려주셔서 정말 다행이라고 생각해...

　검은색 털에 푸른색 눈이라니 정말 특별한 아이랑 함께 살게
됐구나. 너랑 그 아이가 꼭 행복했으면 좋겠어. 그런 의미에서
시엘은 어때 리리? 네가 말한 것처럼 호수에 담긴 하늘 같은
눈동자를 가진 그 아이에게 잘 어울릴 것 같아. 나중에 기회가
된다면 나도 꼭 만나보고 싶다.

　요즈음 들어서 부쩍 옛날 생각이 많이 나는 것 같아. 그렇다
고 그 마을로 돌아가고 싶은 건 아니지만. 너도 알다시피 그 마
을에서 내 취급이 좋진 못했잖아?

　그래도 너랑 자작님이 계셨으니깐 난 나름대로 매일 즐거웠어!

그녀가 적어낸 문장은 정갈한 글씨로 나란히 적혀있었지만 꾹꾹 눌러 쓴 글씨에서 애써 밝은 척하며 그가 자신을 걱정하지 않길 바라는 것이 느껴졌다.

이곳 마을 사람들, 그리고 친구들 모두 내게 정말 잘해주지만 너랑 자작님이랑 셋에서 지내던 때가 조금 그리워지는 건 어쩔 수 없나 봐. 그때 기억나? 길거리에서 죽어가고 있던 우리들을 보자마자 마차에 태워 병원으로 데려가시던 자작님. 처음 보는 사람이 우리를 데려가는 것인데도 그렇게 안심이 될 수가 없었어. 자작님이 우리에게 해를 끼칠 사람이 아니라는 것을 본능적으로 느꼈었던 걸까? 눈을 떴을 때에는 너무나도 낯선 하얀 천장이 보였고, 마차에 탈 때와 달리 너무나도 불안하고 초조하고 무서웠어. 그나마 네가 곁에 있어서 이성을 부여잡을 수 있었던 것 같아.

이후 우리에게 다가온 자작님은 자신의 성에서 일하지 않겠냐고 제안해 주셨고 별다른 선택지가 없었던 우리는 그대로 자작님을 따라가게 되었지. 자작님은 성에서 일을 시켜주겠다며 우리를 데려가셨지만 막상 가보니 어린아이들에게 일을 시킬 순 없다며 자작성 가까이에 작은 집과 돈을 내어주셨고 말이야. 자작님 같은 어른이 되고 싶었어. 무언가를 바라지 않고도 누군가를 도울 수 있는 사람. 그런 사람 말이야. 뭐 그건 지금도 변함없지만!

이즈음에서 편지 줄일게. 네 덕분에 올해도 즐거운 생일을 보냈어. 네 생일도 기대해! 네 가발을 이기기는 힘들겠지만 그에 못지않은 선물을 준비할 테니깐!

너와 시엘의 앞날에 축복만이 가득하길!

과연 리아가 자신의 선물을 좋아해 줄까, 많이 걱정했지만 만족한 것 같아 그제야 한숨을 돌릴 수 있었다. 왜인지 모르겠지만 리아의 편지를 읽을 때면 자꾸만 긴장하게 되는 것만 같다는 생각을 하고 있을 때 불쑥 튀어 오른 검은색 털이 시야를 가렸다. 태어난 지 두 달이 지나서야 자신의 이름을 불리게 된, 시엘이었다. 시엘, 시엘, 입 밖으로 소리를 내어 강아지의 이름을 불러주었다. 처음 들은 이름임에도 자신의 것임을 아는 것인지 귀를 팔랑거리며 응답하는 녀석이 기특했다. 시엘의 머리를 잔뜩 쓰담어주자 아직 어린 시엘은 또다시 깊은 잠에 들었다. 언제나 함께 보냈던 자신과 그의 생일, 각자의 생일에 받던 선물은 언제나 두 개였다. 하나는 서로가 서로에게, 하나는 자작님의 선물. 리아에게 물어보고 싶었다. 너는 지금이 행복할까, 나와 함께한 과거가 행복했을까. 대답이 두려워 물어볼 수 없음을 알면서.

　바보같이 자꾸만 치고 올라오는 이 열등감과 비슷하면서도 다른, 온몸을 붉은색으로 물들이는 듯한 감정이 너무 싫었다. 온몸에 벌레가 기어 다니는 것 같았다. 이 불쾌한 감정을 떨쳐 내버리기 위해 탁자에 놓여있던 캐모마일을 한 번에 탈탈 털어 마셔버리고는 침대에 누웠다. 유난히 별이 빛나서, 그래서 잠 들기 힘든 밤이었다.

　청명한 가을의 리아에게, 여름의 끝자락에서 알리움이

　네가 내 선물을 기뻐해 줘서 정말 다행이야. 정말 즐거운 생일을 보냈나 보다. 네가 내 행복을 빌어주듯이 나 역시도 언제나 네 행복을 빌어. 언젠가 너는 시엘을 보고, 나는 금발의 머리칼을 가지게 된 너를 다시 볼 수 있는 날이 오겠지? 그날을 손꼽아 기다릴게. 한가로운 오후야. 네게 편지를 보낼 때마다 한가하다는 이야기를 해서 내가 언제나 놀기만 하는 게으름뱅이라고는 생각하지 말아줘... 그럼 조금 슬플 것 같아. 오히려 사업이 너무 잘 되니깐 고용할 수 있는 사람의 수가 늘어나서 그래. 하지만 사람이 많아도 이런 한가한 날은 한 달에 한 번? 두번 정도밖에 없어. 그렇게 시간이 날 때마다 너와 편지를 나누는 거고. 이 시간이 눈코 뜰 새 없이 바쁜 나날들을 버틸 수 있게 해줘.

시엘의 이름을 지어줘서 정말 고마워. 시엘도 아주 좋아하는 것 같아. 시엘은 부쩍 덩치도 커지고 활동량도 늘어나서 하루에 한 번은 꼭 산책을 시켜줘야 해. 그러지 않았다간 우리 집이 남아나질 않을 거야. 완전히 검은 털인 줄 알았던 시엘에게서 흰색 털이 보이기 시작했어. 이마랑 가슴 부분에서 자라고 있는데 다 크면 어떤 모습이 될지 기대돼. 지난달쯤부터 우유 먹는 것을 멈추고 고기를 조금씩 먹기 시작했어. 식탐이 범상치 않은 녀석이야. 시엘을 먹여 살리려면 열심히 일해야 할 것 같아.

순간, 시엘이 의자를 딛고 책상 위로 올라와 잉크 병을 넘어뜨렸다. 다행히 넘어진 잉크병을 금방 바로 세워 많은 양이 흐르진 않았지만 일부분이 검게 물든 책상과 편지에 찍힌 시엘의 발자국, 또 시엘을 씻겨야 한다는 사실에 알리움은 실소를 터뜨렸다.

벌써 여름이 끝나가고 있어. 이 편지가 네게 닿을 때면 가을이 시작되고 있겠지. 음... 위의 발자국은 시엘의 것이야. 시엘이 네게 이름을 지어준 것에 대해 감사를 표하고 싶었나 봐. 덕분에 나는 또 책상과 시엘을 열심히 씻겨야 하겠지만... 별 수 없지...

나도 네가 ~~보고 싶~~… 그리워. 리아 일 때문에 바빠질 때면 더 그런 것 같아. 오래된 기억이지만 아직도 도무지 잊히지 않는 기억들은 모두 너와 함께했던 나날들의 기억이야. 내가 편지를 쓰고 있는, 이 자그만 나무 테이블에 너와 마주 앉아 책장 넘기는 소리와 바람 소리가 가득할 때 지던 노을을 기억해. 모든 걸 포용하는 붉은 노을의 품이 이 집까지 닿을 때 즈음 누가 먼저 말할 것도 없이 동시에 고개를 들고 읽던 책의 페이지에 봄에는 라일락, 여름에는 해바라기, 가을에는 낙엽, 겨울에는 눈 장미를 말려 만든 책갈피를 꽂아두고선 저녁 식사를 하러 갔었지. 그 시간이 난 너무 좋았어. 거의 매일 있는 일상의 한 부분이었지만 그 매일매일이 내게 있어선 선물과도 같았어.

그거 기억나? 자작님을 만나기 전 내 생일날, 언제나와 같이 너는 살기 위해 돈을 벌러 갔었고, 하필 그날 아팠던 난 낡고 축축한 신문에 몸을 의지할 수밖에 없었지. 온몸이 불타오르는 것 같으면서도, 손발이 벌벌 떨리는 그 이상한 감각에 아직도 난 가끔씩 몸을 떨곤 해. 그날 정신도 차리지 못한 채 가만히 누워있던 때, 입안으로 뭔가 따뜻한 게 흘러들어오는 것이 느껴졌어. 기억해? 그 고기 스튜. 뭐 이름만 고기 스튜지 실상은 작은 고깃덩이가 떠다니는 야채스튜였지만. 그 맛을 잊을 수 없어. 너는 내가 모른다고 생각했었겠지만 사실 나도 알고 있었어. 그 스튜는 네 일주일 치 밥값을 치러 산 것이었다는 거. 거절해야 한다는 걸 알면서도 그 따뜻함과 네 다정함에 취해서 입 안으로 흘러 들어오는 스튜를 가만히 흘려보냈어. 내 생애 가장 최악의 생일이었지만, 그날의 기억을 떠올려보면 언제나 끝은 따뜻함이야. 모두 네가 있었기 때문이야.

이미 터져버린 봇물과 같이 종이에 흘러내린 기억들은 다시 주워 담을 수도 없게 검은 잉크로 자신의 존재를 명시하고 있었다. 너무 감상에 젖었나, 싶어 지우려고도 해봤지만 검은 잉크가 묻으면 묻을수록 글자들은 오히려 자신의 존재를 더 뚜렷이 나타내려 할 것이 분명했기에 그만두었다. 슬슬 편지를 마무리해야겠다고 생각했다. 이 이상 편지를 써 내려가려 할수록 그저 과거의 불안감과 우울감을 달리아에게 전하는 것 그 이상도 이하도 되지 못할 것 같아서. 슬픔은 나누면 반이 된다고, 자작님과 달리아가 어린 시절의 내게 말했다. 여전히 혼자 공감하지 못하는 말. 내가 여전히 어른이 되지 못해서 그런 것이라 단정 지었다.

한번 시작하니 옛 생각들이 꼬리에 꼬리를 물고 늘어지네. 이만 편지 줄일게 리아.

친애하는 리아, 네 새로운 일상이 가득히 담긴 편지를 언제나 기다릴게. 안녕

겨우 늘어지는 편지의 말을 끊었는데도 여전히 생각은 멈추지 않았다. 리아와는 정말 오랜 시간을 함께 해왔다. 서로에 대해 모르는 것이 없을 만큼, 인간적 사랑을 스스럼없이 주고받을 수 있을 만큼. 그럴 것이라 생각해왔다. 편지를 나누기 전까진, 말로는 전해지지 않는 것들이 있다는 것을 알았고 말보다 더 흐리기 어려운 것이 편지란 것도 알았다. 그냥 요즘 따라 더 그런 것 같다. 이런 말로 표현하기 어려운 감정들이 자꾸만 솟구치는 게 그저 내 일부와도 같은 친구가 급작스레 곁에서 떠나가 버려서 그런 것이라고. 그래, 그냥 그렇게 생각하기로 했다.

머릿속을 복잡하게 만드는 생각들이 다시 바빠진 사업들과 처음의 거의 세 배만 하게 커진 시엘로 인해 떨쳐진 지 꽤나 오

랜 시간이 지나갈 때 즈음 평소보다 유난히 빨리 달리아에게서 편지가 도착했다.

친애하는 리리에게, 달리아가

매우 급히 날려 쓴 듯한 글씨와 형식적인 편지의 첫 문장, 무언가 급한 일이 생겼음을 직감한 순간부터 부디 이 편지에 느껴지는 불안감이 저번과 같이 내 착각이기를 빌었다.

리리! 너도 당황스럽겠지만 지금 나도 무척이나 혼란스러워.. 나 청혼 받았어!!
대체 이걸 어떻게 받아들여야 하는 걸까?

너무 놀라 순간 편지를 놓칠 뻔했다. 입에서 절로 '뭐?!' 소리가 나왔다. 편지를 뜯은 그 자리에 가만히 서서 급히 편지를 읽어내려가기 시작했다.

아, 하, 아니 그러니깐 이게 어떻게 된 일이냐면 평소랑 다름없이 친구들이랑 시내로 나가서 새로 나온 책들 구경도 하고 여기저기 둘러보면서 놀려고 했었어. 그리고 아무 문제 없이 시내로 나갔고, 아 친구들이 네가 선물해 준 가발을 좀 더 구경하고 싶다고 해서 가발도 쓰고 나갔었어. 여느 날과 다름없이 조이, 로레인, 케인 그리고 케일과 함께 어울려 놀았어. 카페에 가서 음료를 마시며 수다도 떨고, 서점에 가서 재미있어 보이는 책들도 사고 그리고 장터로 나왔을 때 케일이 조이에게 할 말이 있다며 조이와 함께 사라졌고 우리 모두 케일이 조이를 좋아한다는 걸 알고 있었기 때문에 케일에게 힘내라며 한 마디씩 해주고 멀어져 가는 둘을 지켜봤어. 이후에 케인은 아까 시끄러운 케인 때문에 책 구경을 제대로 하지 못했다며 홀로 다시 책방으로 향했고, 로레인은 시내에서 장신구 가게를 하시는 어머님이 불러서 내게 양해를 구하고 잠시 자리를 비웠어. 그래 여기까지는 아무 문제도 없었어. 지나오던 중 눈에 띈 가게에서 산 사과를 먹으며 친구들을 기다리고 있었는데 무슨 자작님 집에서 봤을 법한 사용인의 복장을 한 사람이 내게 다가오더니 웬 편지를 하나 전달해 주더라고..? 일단은 받았지. 귀족한테 잘못 보이면 어떻게 되는지 잘 아니깐. 그 사용인이 편지를 주고 떠난 지 얼마 되지 않아 친구들이 다시 돌아왔고 아아... 그 편지를 받지 말았어야 했는데.

조이가 케일의 고백을 승낙했다고 해서 난 얼떨떨한 채로 조이와 케일을 축하해 주었어. 별생각 없이... 축하가 끝나자마자 케일이 내 손에 들린 그 편지는 뭐냐고 내게 물어봤고, 나도 모르겠다며 아까의 상황을 설명해 주자 케일이 함께 편지를 살펴보자 얘기해서 나도 동의했고 편지를 열었는데... 윽... 편지를 열자마자 코를 찌르는 듯한 향수 향기에 절로 인상이 찌푸려졌어. 냄새를 참고 겨우겨우 편지를 읽어내려가는데... 내용이 참... 가관... 이더라고 정말 이 세상의 온갖 형용사란 형용사는 다 모아둔 듯한 과장의 극치... 대충 뭐 오래전부터 그대를 봐왔다느니, 한 떨기 제비꽃 같다느니, 하늘에서 길을 잃은 천사 같다느니 으... 너도 알잖아! 나 그런 으... 사람 진짜 싫어한다는 거! 하아... 아무튼 그냥 조금 인상을 찌푸려가며 편지를 읽고 있었는데 그래, 마지막이 가관이고 하이라이트였지. 뭐 무슨 '오 나의 레이디! 나와 결혼해주지 않겠소? 긍정적인 답장을 기다리겠소. 편지는 그대가 직접 광장의 분수대로 가져다주시겠소?' 하아.. 진짜 그저 한숨밖에 안 나와. 편지 내용이 정확하지 못한 이유는 다 읽자마자 그 자리에서 찢어버려서... 정말 곤란한 게 하필 내게 이 편지를 보낸 사람이 내가 살고 있는 영지의 자작님과 중요한 무역을 맺고 있는 백작님의 조카라더라... 그것도 아들이 없는 백작님의 금지옥엽 귀~하신 조카분! 진짜 아, 말, 아니 글이 써지질 않아. 편지에 두서가 없더라도 양해해 주길, 리리.

일단은 거절 의사를 최대한 단호하고 예의 있게 전달할 생각이야. 친구들이 숨어서 지켜봐 준대. 그런데 웃긴 게 뭔지 알아? 이 사람 굉장히 예의 바르고, 아무튼 무슨 좋은 수식어란 수식어는 다 붙어있는 사람이더라? 도저히 이해할 수 없다. 처음으로 잠시 이 마을에 온 걸 후회할 뻔했어... 이렇게라도 털어놓으니 속이 시원하다, 리리. 정말 어떻게 해야 할까? 지금 이 순간 네가 정말 절실히 필요하고 그립고 보고 싶어. 이만 편지 줄일게. 안녕.

편지를 읽는 것만으로도 리아의 혼란스러운 감정이 고스란히 느껴졌다. 이번 편지에서는 리아의 그 특유의 시적 표현도 없었고, 그가 읽기 편하게 해주기 위해 작은 주제라도 바뀔 때마다 띄어 써주던, 리아의 편지에서 드러나던 특징들을 하나도 느껴볼 수 없었다. 그래, 정말로 다급해 보였다. 조금이라도 빨리 그에게 자신이라도 도움을 줘야겠다는 생각, 그 생각 하나로 집으로 뛰쳐들어와 급히 편지를 적기 시작했다.

친애하는 리아에게, 너의 리리가

리아, 정말 당황스러웠겠다. 이 편지가 최대한 너에게 빨리 닿아 도움을 줄 수 있길 바라. 일단 자작님께도 이 이야기를 전달해둘게. 정말 혹시 모르니까 웬만하면 그 남자랑 만날 때 케인도 좋고 케일, 로레인, 조이 다 좋으니 누구 하나는 꼭 같이 데려가. 최대한 둘이 있는 걸 피해. 알았지? 그래... 그리고 전에 로레인이 줬다던 그 머리핀 꼭 하고 다녀. 꽤나 인망 있는 사람이라 했으니 우려하는 일이 벌어지진 않겠지만 그래도 혹시 모르니까.

몇 마디 쓰지 못한 채 알리움은 자신의 머리를 부여잡았다. 이런 일이 생기리라곤 예상치도 못했다.

...정말 예상하지 못했을까?

리아가 혼자 마을을 떠나 낯선 곳으로 간다고 했을 때부터 이런 일이 벌어질 거라고, 정말 '예상치도' 못했나?

달리아는 이 마을을 혐오한다. 그는 이 마을을 사랑한다. 달리아와 그는 이제 결코 함께하기 힘들다. 그렇다면 달리아가 싫어하더라도 그 인망 있다는 그 사람이 곁에 있는 것이 그녀에게도 알리움에게도 더 좋은 일 아닐까?

이 생각이 정말 잘못되고 비틀렸다는 것을 알고 있음에도 멈출 수 없는 건 무엇 때문일까. 그와 자작님을 버리고 떠난 달리아에 대한 복수심? 열등감? 배신감? 대체 무엇에 대한? 어째서? 그는 자신이 순간 끔찍하고 혐오스럽다고 느껴졌다. 이럴 때에는 언제나 그래왔듯이 편지를 멈춰야 한다.

그래, 언제나 그래왔듯이

이 이상 써 내려간 내용은 둘 중 그 어느 누구에게도 도움이 되지 못할 내용들 뿐일 테니. 알리옴이 머리를 부여잡고 끙끙 대는 것이 어딘가 아파 보였는지 시엘이 그에게 다가와 손등을 핥았다. 조금 나아진 마음으로 편지의 끝을 맺었지만 맘에 들 지 않았다.

아무튼, 몸조심해 달리아.

그녀가 원해서 일어난 일도 아닌데 조심하라니. 지우고 싶었 지만 일단 편지를 보내는 게 더 급했다. 잉크를 거의 내던지다 시피 하고선 자리를 박차고 편지를 보내러 달려갔다. 그냥, 한 번씩 이럴 때가 있다. 자기 열등감에 잠식되어버리는 때가. 이 성적인 판단을 하지 못하고, 그를 소중히 여겨주는 이들에게 못된 열등감만 가득 품어서 상처를 입히려 할 때가. 하지만 이 럴 때마다 달리아는 그걸 귀신같이 눈치채고는 바보 같은 그의 말을 그저 삼켜주었다. 그리고 그때가 지나면 그는 언제나 눈 물을 뚝뚝 흘리며 그녀에게 사과의 말을 전하곤 했었다.

전과 달리, 그녀의 편지를 잊을 새 없이 하루를 꼬박 리아의 생각을 하며 보냈다. 그가 왜 그렇게 바보 같은 생각을 하고 문장을 썼을까, 싶다가도 또 자꾸 생각이 이상한 자기합리화 쪽으로 흘러가고, 다시 한번 이상한 방향으로 흘러가는 생각을 붙잡아 끌고 오며, 달리아에게 청혼한 사람은 대체 어떤 사람일까? 달리아는 지금 어떻게 지내고 있을까?를 생각하며 한 달을 보냈다. 이번 편지도 평소보다 조금 일찍 도착했다.

단 하나뿐인 나의 리리에게, 용기를 내 달리아가

뭔가 의미심장한 첫 말에 그는 더 바짝 긴장하고선 편지를 읽어내려갔다.

겨우 한숨 돌렸어. 조금 지친다. 겨우 피해서 왔는데... 거절을 했어. 아주 단호하고 명확하게. 그랬더니 자신과 딱 세 번만 더 만나 달라고 부탁하더라. 편지와는 조금 다른 사람이긴 했어. 그 편지는 자기 친구 녀석이 적어준 거라고 하더라고. 딱 세 번만 자기한테 기회를 더 달라고 하시는데 여기서 별다른 핑계 없이 거절했다가는 괜히 일이 커질 것 같아서 어쩔 수 없이 승낙했어. 또 떠나가기에는 조금 지쳤거든.

그는 편지의 첫 문단의 속독을 끝내고 나서야 긴장을 놓을 수 있었다. 달리아에게 청혼한 사람이 그리 나쁘지 않았다는 점, 그리고 첫 문장의 의미심장한 단어들이 아직 별 뜻을 가지지 않았다는 점에서 말이다.

리리, 네게 물어보고 싶은 게 있어. 너는 내가 이 사람과 결혼한다면 어떨 것 같아?

순간 훅 치고 들어온 질문에 그의 몸이 약간 뒤로 기울었고 의자가 크게 끼익 소리를 냈다. 넘어지지 않은 것에 안도한 그가 소리를 듣고 달려온 시엘의 머리를 쓰다듬으며 다시 편지를 읽기 시작했다. 이어지는 편지는 한참을 망설이며 적어내려간 듯이 검은 방울들이 곳곳에 떨어져 있었다.

있잖아, 알리움. 나 널 좋아해.
그래서 난 이 사람과는 영원을 약속할 수 없어.

쿵, 심장이 내려앉음과 동시에 의자가 뒤로 고꾸라졌다. 그래, 몰랐다고 하는 건 정말 염치없는 짓이다. 여태까지 모른 척하고 있었다, 이 안온함이 깨지는 것이 너무나도 두려웠다. 사람대 사람 간의 사랑이 아닌, '너'와 '나'의 사랑이 얼마나 얄팍한 것인지 정말, 너무 잘 알고 있었기에.

　그의 어머니와 아버지는 서로를 정말 열렬히 사랑했다. 그것이 오로지 육신에 묶인 사랑이었다 해도, 둘은 서로를 에로스적으로 사랑했다. 하지만 그 사랑은 오래가지 못했다. 금방 둘은 서로에게 질려버렸고 한때 둘의 열렬했던 사랑을 증명해 주는 증거에 불과했던 그는 더 이상 그 사랑을 증명할 필요가 없게 되자 그저 고장 난 시계의 부품 같은 존재가 되었다. 더 이상 가지 않는 시계의 부품이 버려지는 것은 너무나 당연한 일이었고 그렇게 그는 각자의 인생을 찾아 떠난 둘과 달리 그 시작점에 멈춰서 있을 수밖에 없었다. 살기 위해 움직였고 그러다 만나게 된 것이 달리아였다. 둘은 이유는 달라도 버려졌다는 공통점이 존재했고 빠르게 서로에게 유일한 존재가 되어갔다. 유일의 존재에게 연심을 품게 되는 것은 그리 이상한 일이 아니었으나 그는 이미 그런 성애적 사랑의 면에는 완전히 마음을 닫은 채였고 그걸 눈치 빠르게 알아챈 달리아는 그 이상으로 그에게 다가가려 하지 않았다. 눈치로 알아챈 것도 있었지만 언젠가 몇 번 그에게 고백한 여자아이들에게 웃는 얼굴로 자신은 고백을 받아줄 수 없다며 미안하다 말하는 그의 손이 떨리는 것을 목격했기 때문이리라.

그를 누구보다 잘 아는 그녀가 어떻게 사랑을 이야기할 수 있지? 그 어느 때보다 큰 배신감이 알리움을 덮쳤다. 분노도, 슬픔도, 혐오도 아닌 두려움이었다. 더 이상 서로에게 사랑을 말할 수 없게 되었을 때에 떠나야 한다는 두려움. 그는 더 이상 읽기 힘든 편지에 조금 힘을 주어 구겨 서랍에 넣어 두었다. 그리고 그 자리에서 답장을 써 내려갔다.

인사말조차 쓰지 못하고 급히 써 내려간 편지,

리아, 네가 어떻게 내게 그럴 수 있어... 내가 어떤지 잘 알면서...

이루 말할 수 없는 배신감이 검은 잉크의 형상을 빌려 나타났다. 편지에서 축축하고 진득한 물기가 느껴졌다. 달리아와 알리움의 관계가 그렇게 쉽게 무너질 수 있는 것으로 정의되었다는 것이 몹시도 서글펐지만 그만큼 낯선 곳에서 홀로 버티느라 그녀가 힘들어서, 그래 그래서 잠시 그릇된 선택을 한 것이리라 생각하고는 겨우 마음을 다잡으려 해보았지만 그녀의 그 말이, 그 고백이 오로지 충동에 의한 것이었나? 하는 의문이 드는 순간 더욱 진득한 감정의 늪에 빠져드는 것만 같은 기분이 들었다. 크게 숨을 들이마시고 다시 내쉬며 최대한 빨리 이 편지를 마무리하고 마음을 다잡으리라 다짐했다.

너도 나를 잘 알고 있음에도, 그럼에도 내게 보내는 편지에 그 말을 담았다는 건 확신이 필요하다는 거겠지. 리아. 나는 네 고백을 받아줄 수 없어. 네게 매정한 말일지는 몰라도 그 사람이 좋은 사람이길. 너와 사랑을 주고받을 수 있는 사람이길 바라줄게. …되도록이면 이 이야기는 없던 걸로 하자. 꺼내 봐야 너에게도, 나에게도 껄끄러운 이야기가 될 뿐일 테니깐. 짧은 편지를 이만 줄일게. 안녕 리아.

아까의 다짐에 충실하게 최대한 빨리 편지를 마쳤다. 방금 쓴 편지인데도 자신이 무슨 내용을 썼는지도 기억이 안 날 정도로 머리가 아팠다. 기필코 후회하게 될 거라고, 그 편지를 보내지 말라고, 온몸이 그를 붙잡는 것 같았다. 하지만 그는 혼란스러운 몸을 이끌고 기어코 우체국으로 향해 편지를 부쳤다.

나무문이 요란스럽게 열리고, 집으로 들어와 햇볕이 내리쬐는 창가에 그대로 몸을 뉘었다. 그래. 그도 그녀를 사랑한다. 그 사람들이 유난히 이상한 사람들이었다는 것도 알고, 언제나 봄날의 라일락 같은 그녀와 함께 한다면 다른 결말이 찾아올 수도 있을 거란 것도 알고 있다. 아니. 그럴 확률이 몇 십 배는 더 크다는 것도 너무 잘 알고 있다. 하지만 어린 시절의 기억은 그의 뇌리에 너무나도 깊이 각인되었다. 다른 결말을 상상조차 하지 말라는 듯. 그가 아는 사랑이 그것뿐인데 어떻게 벗어날 수 있을까. 그리고 다른 이에게 열등감 따위를 품으면서 리아의 바로 옆자리에 설 만큼 좋은 사람이 될 수 없다. 그는 자신의 역할은, 자신의 사랑은 그녀의 옆에 정말로 좋은 사람이 나타나 그녀가 진실로 행복한 사람이 될 수 있게 바라주는 것이다.

　...분명 그럴 거야

　우울감에 잠식되어 있을 틈이 없었다. 부쩍 커버려 거의 마을의 동상만해진 시엘을 돌보랴, 사업을 확장시키랴, 오랜만에 정말 바빴다. 그 덕분에 이 혼란스러운 마음을 떨칠 수 있었으니 어찌 보면 다행일까. 그날 이후로 차차 정리되기 시작한 마음에 조금 안심했다.
　여타 다른 날들과 다름없이 일을 끝내고 시엘과 함께 동네를 한 바퀴 돌고 오던 때에 그녀의 편지가 도착해있는 것을 확인

했다. 두려움이 엄습했지만, 이 편지를 읽지 않는다면 더 두려운 일들이 펼쳐질 것을 알기에 떨리는 손끝으로 더듬어대가며 편지를 펼쳐보았다. 평소보다 오랜만에 도착한 그녀의 편지가 나쁜 소식을 싣고 오지 않았기를 간절히 소망했다.

　새로운 계절의 너에게, 늦게나마 너의 생일을 축하하며 달리아가

　리리! 저번에는 내가 이런저런 일들로 정신이 없어서 네 생일을 축하해 주지 못했네. 정말 미안! 혹시 저번에 축제 때 상품으로 받았다고 했던 브로치 기억나? 로레인의 어머니네 가게에 가서 감정을 받아보았는데 실제로도 꽤나 값이 나는 보석이 박혀있는 브로치였어. 아무리 봐도 네 눈 색과 꼭 닮아 있어서 네게 정말 잘 어울릴 것 같다고 생각했어. 브로치와 함께 지난 가을에 말려두었던 낙엽으로 만든 책갈피를 함께 보낼게. 네가 내게 준 가발에 비할 바는 못 되겠지만 그래도 열심히 준비했으니 네 맘에 든다면 좋겠다.

　그때 내게 청... 혼을 했던 사람과 두 번의 만남을 가졌어. 한 번은 식당에 갔었고 한 번은 연극을 보러 갔었는데 그래, 편지

가 너무 임팩트가 커서 그랬는지 생각보다 괜찮은 사람이었어. 이름이 무슨... 레오? 그 뒤에 뭐 귀족가의 성이 한참 붙어있긴 했는데 기억하기 힘들다. 그 사람도 그냥 레오라고 불러 달라고 하기도 했고.

그냥 평소와 같이 빵집에서의 일을 끝내고 친구들과 조금 놀다가 집으로 들어와서 쉬고 있었는데 누가 문을 두드렸어. 별생각 없이 문을 열었는데 그 사람이 있어서 정말 깜짝 놀랐어. 이후에 자기와의 약속을 지켜달라며 무턱대고 식당으로 데리고 가더라. 좀... 많이 당황스러웠지만 식사가 정말 평소에 단 한 번도 맛보지 못했던 환상적인 맛이어서 금새 긴장을 놓아버렸어... 하하. 그냥 그렇게 식사를 하고 대화를 주고받았어.

그다음으로 만났던 건 그렇게 식사를 마치고 열흘 뒤쯤이었던 것 같아. 저녁시간 문득 누가 또 문을 두드려서 열어봤더니 그 사람이었어. 저번보다야 덜 놀라긴 했지만 어쨌거나 급작스러운 방문에 당혹스러움을 감출 순 없었어. 첫 만남보다 좀 더 어색한 분위기가 줄어들었어. 그 사람, 레오는 정말 그냥 평범한 사람? 귀족이란 느낌을 좀처럼 찾기 어려운 사람이야. 케일, 케인과 별다른 느낌 없는 그런 사람, 귀족들 특유의 그 권위적인 말투를 쓰지 않아서 조금 더 빨리 경계를 누그러뜨릴 수 있었던 것 같아. 그렇게 보게 된 연극은 음... 저번에 봤던 내가 그리 좋아하지 않는 연극과 같은 주제였어. 내가 표정을 감추지 못했는지 레오가 내 표정을 보고서는 연극이 맘에 들지 않냐며 물어봤고 그냥... 그저 그렇다고 솔직하지 못한 대답을 하니 레오가 나를 이끌고 번화가로 나갔어. 그 이후로는 그냥 저번보다 좀 더 많은 이야기를 나누며 계속 걷다가 물건들을 구경하고, 그런 별거 없는 일들의 연속이었지. 그래도 그 순간만큼은 꽤 즐거웠던 것 같아. 내일모레, 마지막으로 만나기로 했는데

…내가 옳은 결정을 내릴 수 있을까? 네가 보고 싶어. 편지 기다릴게, 리리!

긴장이 풀려 온몸이 녹아내려 땅으로 스며들 것만 같았다. 그래, 그녀는 그저 너무 당황스러운 상황에 처해 순간 자신의 감정을 오인한 것이리라. 편지와 함께 도착한 브로치를 가슴팍에 착용한 채 거울 앞에 서보았다. 브로치가 잘 어울린다며 말해주는 그녀의 환영이 보인 것 같았다. 저번에 읽다 만 책의 가운데에 선물로 받은 책갈피를 끼워두고 자신의 편지를 기다릴 그녀를 위해 다시 책상에 앉아 깃펜을 들었다.

녹음의 계절의 리아에게, 언제나 네 행복을 빌며 알리움이

리아, 생일 선물 정말 고마워. 네가 준 브로치말야 정말 아름 답더라. 달빛을 받아 푸른 녹빛으로 빛나는 것이 마치 어릴 적 너와 보았던 호수를 담은 것 같아.

다음 문장을 잇기까지 한참 동안 고민하다 겨우 다시 말을 써 내려가기 시작했다.

…네게 청혼한 사람이 나쁜 사람이 아니라서 정말 다행이야. 그 사람이 네게 좋은 영향을 끼칠 수 있는 사람이길 바라. 네게 도 외지에서 의지할 사람이 필요할 테니깐.

하아… 시엘이 정말 커졌어. 일어서면 거의 너만 할 것 같아. 최근에 시엘이 한 번 아팠었어. 먹은 것을 자꾸 토해내더라… 한동안 아기 때 먹던 것처럼 묽은 것들을 주식으로 먹이니 다 행히 금방 나았어. 많이 먹어도, 장난꾸러기여도 괜찮으니까 언제나 아프지만 않았으면 좋겠어. 몸도 마음도 말이야. 너도 어디 아픈 곳 없지? 나만 걱정하지 말고 너도 밥 잘 챙겨 먹고 아프지 마. 알았지?

요즘 일상이 하도 평화로워서 편지에 적을 게 많이 없네. 무 소식이 희소식이라던가? 하하. 한낮의 따사로운 햇볕과 한밤

중의 은은한 달빛을 즐기며 살고 있어.

앗, 방금 그 말 너무 자작님 같았다. 같이 일하니깐 더 닮아가는 것 같아. 좋은 부분들만 닮아야 할 텐데. 네 편지를 읽을 때면 어디라도 갈 수 있을 것만 같은 기분이 들어. 네 이야기들이 언제나 새로움으로 꽉꽉 차 있어서 나까지도 설레게 만드는 것 같아. 나 역시도 네 편지를 손꼽아 기다려. 좋은 하루 보내 리아!

그 이후로 한동안 편지가 오지 않았다. 그간에도 몇 번, 편지가 패 오랜 시간 동안 오지 않았던 적이 있었기에 큰 신경을 쓰지 않았고, 그저 그가 즐거운 시간들을 보내고 있으리라 생각했다. 하지만 아무리 늦어도 한 달하고 열흘 정도가 지나면 왔어야 할 편지가 두 달이 지나도록 오지 않았다. 불길한 예감이 엄습해 최대한 빨리 일을 마치고 돌아와 편지를 써 내려갔다.

리아에게, 너를 걱정하며 알리움이

리아, 너무 오랫동안 편지가 오지 않아서 이렇게 내가 네게 먼저 편지를 써. 무슨 일이 생긴 건 아니지? 네가 몹시 걱정돼. 부디 네가 그저 너무 달콤한 일상에 흠뻑 젖어 나를 깜빡 잊은 것이길 바라.

…설마 그 사람이 네게 무슨 짓을 한 건 아니지? 리아..

언제나 네가 먼저 틔워주던 말을 이번에는 내가 틔워볼게. 네게 무슨 일이 생겼다면 이 편지를 보고 조금이라도 진정할 수 있게.

손끝에 저절로 힘이 들어갔다. 리아에게 전해질 편지에 자신의 불안이 조금이라도 묻지 않도록, 최악은 상상하지 않기로 했다.

네가 궁금해할 만한 이야기가 뭐가 있을까? 음.. 아! 그래 자작님, 최근 자작님은 그림에 빠지셨어. 하나둘씩 자작성의 벽면이 그림들로 채워지는 중이야. 그런데 그거 알아? 자작님의 집무실, 문과 마주 보는 벽면에는 우리 둘이 어릴 적 그려드렸던 자작님의 초상화가 걸려 있는 거. 정말 들어갈 때마다 너무 부끄러워서 고개를 들 수가 없어. 매번 이 그림은 서랍 같은 곳에 보관하는 게 어떻겠냐 제의드려도 언제나 크게 웃으시며 자신이 가장 아끼는 그림인데 그럴 수는 없다고 말씀하시곤 하지. 올해 자작님의 생신 때에는 모노클을 선물로 드렸어. 가격대가 꽤나 있는 편이었지만 지금까지 자작님이 해주신 것들에 비하면 아무것도 아닐 거야. 자작님께서도 고맙다며 손을 꼭 잡아주셨어. 아, 맞아 작년 내 생일 때에는 자작님께서 새 깃펜을 선물로 주셨어. 지금 이 편지도 그 깃펜으로 쓰고 있는 거야. 자작님께서 네게 선물을 주지 못해 많이 아쉬워하셨어. 네가 이 편지를 읽고 시간이 여유로워질 때즈음에 한 번 얼굴을 비춰주지 않을래?

벌써 시엘이 태어난 지 일 년이 넘었어. 처음 봤을 때 과연 이 아이가 살 수 있을까 걱정했는데 지금은 대체 어떻게 해야 내 신발을 물어뜯지 않을까가 내 가장 큰 걱정거리야. 집에 정말 남아나는 신발이 없다니깐.

시엘은 정말 늠름하게 잘 자랐어. 청명한 파란 눈은 여전히 그대로지만 가슴팍에서 번져나간 흰색 털이 이제는 검은 털의 양과 거의 비슷해. 귀가 하늘로 쫑긋하게 솟은 게 양치기 개들과 꽤 닮은 것 같아. 태어난 지 5개월이 지날 무렵부터 이것저것 교육을 시켰어. 간단히 앉아, 기다려 정도? 누굴 닮았는지 모르겠지만 굉장히 똑똑해. 강아지들은 주인을 닮는다던데... 큼큼.

아무렇지 않은 척 편지를 써 내려가고 있었지만 두 손에 묻어 나오는 떨림을 도저히 멈출 수가 없었다. 자꾸만 눈을 가리는 앞머리를 손으로 넘긴 채 편지를 이어갔다.

리아, 네가 너무 걱정돼. 너와 마지막으로 편지를 나눴을 때가 느지막한 겨울이었는데 어느새 매미 소리와 함께 청록의 계절이 다가온 지 오래야. 정말 무슨 일이 생긴 건 아니지? 이 편지가 부디 빨리 네게 닿기를 간절히 바라. 부디... 리아 네게 별일이 없기를.

편지를 보낸 이후로 어떻게 하루를 보냈는지 모르겠다. 매일이 기다림의 연속이었다. 자작님께 이 일을 알릴까도 고민했지만 가뜩이나 추웠던 지난 겨울을 지내며 많이 몸이 약해지신 상태인 자작님께 괜히 나쁜 소식을 전했다가 가뜩이나 좋지 못한 몸이 더 안 좋아지실까봐 말하지 못했다. 자꾸만 머릿속을 감도는 불안한 생각들 때문에 여기저기서 그를 걱정하는 목소리가 터져 나왔다. 하지만 가만히 집에서 쉬었다간 이 상상들에 정말로 잡아먹힐 것 같아서 더 열심히 몸을 움직이고 스스로를 혹사시켰다. 그녀의 편지가 도착해 자신에게 아무 일도 없었다고 말해줄 때까지.

여느 때와 같이 그녀의 편지가 오기만을 고대하며 편지함을 확인할 때였다. 언제나 텅텅 비어있던 편지함 속을 그렇게나 기다렸던 그녀의 편지가 와 있었다. 손을 덜덜 떨며 그녀의 편

지를 들고 신발의 흙도 다 털어내지 못한 채 집으로 뛰쳐들어
왔다.

친애하는 알리움에게, 달리아가

알리움, 편지 잘 받았어. 걱정하게 해서 정말 미안해. 결국 세
번째 만남에서 그 사람을 거절했어. 처음부터 생판 모르는 사
람에게 청혼한다는 것부터가 이상한 사람이란 걸 알았지만...네
말 대로야. 그래, 기댈 곳이 필요했나 봐. 멍청하게.

그렇게 그 사람을 거절하고 나서 며칠이 지났을까. 이틀? 사
흘? 누가 밤중에 또 문을 두드렸어. 분명 빵집 아주머니나 친구
들일 거라고 안일하게 생각해버렸던 거지.

강하게 머리를 내려치는 통증에 정신을 잃고 다시 눈을 떠
보니깐 난생처음 보는 곳이었어. 어둡고, 사람 하나 지나다닐
것 같지 않은... 그때 내 눈앞에 나타났던 사람이 누굴 것 같아?
맞아. 그 사람이었어! 어떻게 감히 자신을 거절할 수 있냐며 내
게 소리치더라. 그리고 뭐, 얼굴이 반반해서 오냐오냐해줬더니
이젠 이딴 연기도 집어치워야겠다며 내게 다가왔어. 아직도 그
기억이 너무 생생해.

너무나 충격적인 편지의 내용에 편지를 쥐고 있는 손이, 그 어느 때보다 심하게 떨렸다. 언제나 정갈하던 그녀의 글씨가 아니었다. 잉크가 튄 부분도 정말 많았고 구겨진 부분도, 손이 심하게 떨렸는지 글씨가 이리저리 튀어나가버린 부분도 있었다. 가빠지는 호흡을 뒤로한 채 다시 빠르게 편지를 읽어내려 갔다.

내게 그 사람의 커다란 손이 다가왔고 도망가야겠다는 생각이 머릿속을 가득 채웠어. 손발은 무엇으로도 묶여있지 않아 자유로웠지만 몸이 굳어버려서 도저히 움직일 수가 없었어. 내가 그렇게 무력한 사람이란 걸 처음 알았어. 그 상황에서 아무것도 할 수 없는 내가 너무... 혐오스러웠어. 그 사람이 내 머리채를 확 잡아 꺾는 순간 머리핀이 바닥으로 떨어지며 날카로운 소리를 냈어. 무슨 생각을 했는지도 모르겠어. 그 사람이 내 단추를 푸는 것에 놀라 발버둥 치니깐 그 사람이 목을 조르더라. 그리고 손에 잡힌 그 머리핀으로 그 사람의 등을 있는 힘껏 찔렀어. 푹하는 소리가 나면서 그 사람이 내 옆으로 쓰러지더라. 손을 덜덜 떨며 그 사람을 옆으로 밀쳐내고 그리고... 벌어진 옷깃을 손으로 꾹 여며 잡고 그 자리에서 일어났어. 너무 구역질이 나오더라. 한참 동안 벽을 잡고 숨을 토해냈어. 겨우 정신을 차리고 나니깐 내가 무슨 짓을 했는지 눈에 들어왔어. 직계는 아니지만 어쨌든 귀족의 피가 섞인 사람을 죽인 내 미래는 너무 뻔하잖아? 하지만 그렇다면 내가 그 상황에서 가만히 참고 있어야 했다는 거야..? 지금도 머릿속이 너무 혼란스러워.

  나는 그 장소를 뒤로하고 빠르게 뛰어 집으로 돌아왔어. 시간은 채 3시간이 지나지 않았더라. 내일 아침이 다가오는 게 너무 두려웠어. 돌아오자마자 빠르게 몸을 씻고 옷을 빨고 침대에 누웠어. 예상했지만 잠이 오지 않았고 그냥 그 자리에서 이불을 뒤집어쓰고 두려움에 떨었던 것 같아.

  다음 날이 되자 온 마을이 들썩였어. 백작님의 조카가 실종되었다고. 라일락이 만개한 따뜻한 날씨였음에도 불구하고 온몸이 차갑게 얼어붙은 것 같았어. 그날로부터 빵집에도 몸이 안 좋다며 휴가를 신청하고 집에만 틀어박혀 있었어. 어느 날 식료품이 떨어져서 어쩔 수 없이 간단히 먹을 것들을 빠르게 구매하고 집으로 돌아오는 길에 병사들이 있는 것을 발견했어. 백작님의 조카의 시신과 함께 발견된 머리핀이라며 주인을 찾고 있더라. 정말 미친 듯이 달려서 집으로 돌아왔어. 온몸에서 심장이 박동하는 것 같아서, 너무 무서워서 눈에서 자꾸만 눈물이 흘렀어. 그렇게 정신없이 울고 있었는데 노을 때문에 방

안이 붉게 물들 때쯤, 누가 또 문을 두드렸어. 숨을 최대한 죽이고 손으로 입을 틀어막았는데, 문밖에서 나를 부르는 익숙한 목소리가 들려왔어. "달리아, 집에 있어? 나야 로레인." 떨어지지 않는 발을 이끌고 문 앞에 서서 무슨 일이냐고, 오늘은 미안하지만 몸이 좋지 않다고 말했는데 로레인이 그 머리핀 자신이 준 것이었지 않냐며 무슨 일이 있냐고 물어봤어. 문을 열고 들어온 그녀가 내 모습을 보고선 무언가를 직감했는지 나를 꼭 안아주었고 그날의 이야기를 나누었어. 이야기가 끝나고 로레인은 내 등을 계속 쓰다듬어 주었어. 그 손이 그렇게 따뜻하게 느껴질 수가 없더라.

...로레인도 귀족 영식에게 나와 같은 일을 당한 적이 있다고 말해줬어. 그 이후로 사람들과 닿는 것이 힘들다고, 자신의 어머니가 자신에게 해준 것을 나는 네게 똑같이 해줄 뿐이라며 다시 한번 나를 안아줬어. 그리고 내게 자신과 같은 짓을 당하지 않아 다행이라고 말해줬어. 멈추지 않는 눈물에 그렇게 한참을 로레인에게 안겨 울었어.

조금 시간이 지나고 내가 진정된 후에 그녀가 내게 이 마을을 떠나는 게 어떻겠냐고 제안했어. 더 상처받기 전에 떠나는 게 어떻겠냐고. 그때 그 제안을 받아들였다면 내가 이렇게까지 궁지에 몰릴 일은 없었을까. 후회해 봤자 소용 없겠지?

조이와 케일, 케인, 빵집 아주머니와 아저씨를 포함해 내 주변 사람들이 그럴 리 없다고, 분명 나를 위로해 줄 거라고 생각했어. 내가 거절의 의사를 표하자 로레인은 씁쓸한 표정을 지으며 도움이 필요해지면 언제든 찾아오라고 말해주곤 집으로 돌아갔어.

병사들이 돌아다녀서 낮에는 집 밖으로 나설 수가 없어 다음 날 밤에 정말 큰맘을 먹고, 빵집으로 발걸음을 옮겼어. 오랜만에 뵌 아주머니와 아저씨는 나를 반갑게 맞이해주셨고 나는 빵집 안으로 발걸음을 옮겼어. 그 따뜻한 호의를 누리며 이 사람들은 나를 믿어줄 거라고 확신했어. 그게 얼마나 바보 같은 생각인 줄도 모르고.

내가 아주머니와 아저씨께 할 말이 있다고 하자 아저씨가 코코아와 간단한 다과를 가져오셨고, 크게 숨을 들이마신 뒤, 내가 이야기를 시작했어.

...네가 내 이야기가 끝난 후의 아주머니와 아저씨의 얼굴을 봐야 하는데, 내가 그랬을 리 없다는 불신과, 나를 피해자가 아닌 살인자로서 바라보는 그 표정. 그들은 내게 그간의 정이 있고, 네가 아무 생각 없이 그러진 않았을 테니 신고는 하지 않겠지만 자수를 하는 게 어떻겠냐고, 그리고 앞으로는 빵집에 오

지 말아 달라고 말했어. 아는 사람 하나 없던 이 마을에서 가장 먼저 따뜻한 손을 내밀어 준 사람들이 이렇게나 쉽게 내게서 등을 돌린다는 것이, 나를 바라보던 그 따뜻한 미소가 혐오와 당혹스러움, 그리고 무어라 형언할 수 없는 감정으로 얼룩져 버린 것이 너무 충격적이었어. 이럴 리가 없다고 부정하면서도 너무나 확실한 답을 받아버린 탓에 잠시 정신이 나갔던 것 같아. 아주머니와 아저씨가 그랬더라도 친구들은 다를 거라며 로레인에게 친구들을 모아줄 수 있겠냐 물었고 로레인은 날 말렸지만 결국 내 요청을 들어주었어. 아주 작아도 좋으니, 내 탓이 아니라는 확신이 필요했던 것 같아. 리리

　친구들과 모인 자리에서, 똑같은 이야기를 똑같이 반복했어. 이야기할 때의 내 표정을 떠올리기 두려워. 친구들은 어떤 반응이었을 것 같아? 똑같은 반응, 정말 누군가 자신에게 이런 이야기를 들려주면 이렇게 반응하라고 학습된 것 같이 똑같은 반응, 똑같은 말이 내게 돌아왔어. 나를 설득하는 말들을 뒤로하고 그 자리를 박차고 나왔어. 너무, 너무너무 끔찍한 기분이고 상황이었어. 모두가 나를 탓하고 비난하는 데나 역시도 나를 변호해 줄 수 없는, 변호할 방법과 까닭을 알지 못하는 이 느낌이 정말...

　거리에 나오자마자 시선이 향한 곳은 백작의 조카가 죽었다

는 신문이 붙어 있는 게시판 쪽이었어. 게시판 가까이 있는 사람들 모두가 입을 모아 말했어. "저 찢어 죽일 놈, 백작님의 조카를 죽이다니, 최소한의 양심이 있다면 죽음으로 사죄해라!" 그 말에 누구도 이견 없이 동의했어. 사건의 진상 따위는 궁금해하지 않고, 그저 귀족의 피가 섞인 이가 죽었다는 것에 자기 일처럼 분노하는 사람들. 마치 세뇌당한 사람들처럼 보이는 저 사람들보다 혐오스러운 게 뭔지 알아? 내가 저 사람들의 입장이었다면 나도 똑같이 행동했을 것 같다는 확신, 그 확신이 정말 나를 죽고 싶게 만들었어.

그 거리에 있던 사람들 중 누구도 나를 향해 비난을 쏟아내는 사람은 없었지만 모두의 눈이 나를 향하는 것만 같아서 또다시 집으로 도망쳐왔어. 그날 저녁, 다시 로레인이 찾아왔어. 친구들이 네게 그렇게 말하는 걸 막아주지 못해 미안하다고 사과하더라. 나는 괜찮다고 말했어. 이렇게 힘든 건 나 하나로도 충분하니까. 유일하게 나를 도와주고, 이미 그 힘든 시간들을 견뎌왔을 로레인까지 일에 휘말리게 하고 싶지 않았어. 오히려 그 상황에서 로레인이 나를 변호해 주려고 했다면 내가 말렸을 거야. 로레인이 다시 한번 내게 이 마을을 떠나지 않겠냐 물어봤고, 나는 그러겠다고 대답했어. 그 이후로는 모든 게 정말 빠르게 흘러갔어. 내가 떠난다는 것을 안 아주머니와 아저씨, 친구들은 내가 죗값을 치르지 않고 도망간다는 것에 탐탁지 않아했지만 나를 붙잡거나 신고하지는 않았어.

그래 그것만으로 다행인 거겠지.

4월 즈음에 이사 준비를 시작해서 5월에 다른 마을로 이사를 왔어. 여긴 정말 먼 곳이야. 아무도 찾을 수 없을 만큼. 로레인이 내게 이 마을을 고집한 이유를 물어봤지만 그냥... 바다가 있어서, 바다가 보고 싶어서라고 대답했어.

알리움. 다시 시작하기에는 난 너무 지쳐버렸어. 더 이상 다시 사람을 믿을 용기가 내겐 없고, 그럴 힘조차도 없어. 이제 그만하고 싶어. 모두가 말했듯이 난 죗값을 치르고 그만 쉬고 싶어. 리리, 널 두고 가는 것에 대해선 정말 미안하게 생각해. 자작님, 그리고 시엘과 함께할 네 앞날에는 축복만이 가득하길. 안녕.

그녀의 편지를 모두 읽자마자 급히 짐을 챙기기 시작했다. 온 머릿속에 리아를 찾아가야 한다는, 만나야 한다는 생각밖에 들지 않았다. 짐을 모두 챙기고 자작님에게 남길 편지를 급히 썼다. 휘갈겨 쓴 편지와 짐을 가지고 자작성으로 향했다. 집사님께 편지를 맡기고 지나가는 마차에 몸을 실었다.

우선 그 로레인이라는 사람을 만나야 했다. 리아가 처음으로 정착한 마을의 위치는 알지만 두 번째로 정착한 마을은 그저 해변가 근처라는 것 빼고는 아무런 정보가 없었다. 알리움은 마부에게 속도를 조금 더 낼 것을 요청했다.

부디, 부디 자신이 늦지 않길 간절히 바라면서.

마차에서도 부지런히 편지를 썼다. 보낼 순 없지만 나중에 그와 만났을 때 이런 일들이 있었고, 또 이런 생각을 했다며 이야기를 나누고 싶어서, 어쩌면 편지보다는 일기에 더 가까웠을지도 모르겠다.

친애하는 리아에게, 너에게로 가는 길의 알리움이

09월 24일

리아, 네가 내게 그렇게도 자랑했던 그 마을로 가는 중이야. 이제 그 마을에 너는 없지만. 리아 빨리 너를 만나고 싶다. 도착하면 함께 바다를 보는 건 어때? 자작성은 너무 산에 둘러싸여 있어서 나도 최근 사업 때문에 간 것 빼고는 바다를 가 본 적이 없어. 너도 그래서 그 해안가 마을을 두 번째 정착지로 삼은 걸까?

09월 27일

가는 길이 정말 험하다. 멀미 때문에 너무 힘들어. 마부 아저씨께서 내게 속도를 조금 줄여줄까 하고 물으셨지만 조금이라도 빨리 네게 닿고 싶은 마음에 괜찮다고 거짓말해버렸어. 죽을 것 같...

선택한 단어가 맘에 들지 않아 빠르게 검은 잉크로 몇 번 덧씌웠다.

많이 지치지만 그래도 힘내볼게!

09월 28일

지나가다 보인 식당에서 간단히 식사를 했어. 그 지역의 특산품인 토마토로 만들어진 스튜였는데, 정말 맛이 일품이었어. 별생각 없이 허기를 달래려 들른 식당이었는데 이런 맛집이었다니. 너랑 꼭 다시 방문해 보고 싶어. 토마토 스튜 말고도 감자 스튜, 고기 스튜, 그리고 다양한 꼬치구이들이 있었는데 내가 멀미가 워낙 심해서 스튜로만 배를 채워야 했어. 슬프네...

09월 30일

어느새 9월도 막바지에 이르렀어. 곧 본격적인 가을이 다가올 것 같아. 해안마을에도 단풍나무가 있는지 궁금하네. 나는 지금 숲길을 달리고 있어. 청록빛으로 빛나던 나뭇잎들이 여러 색으로 물들어가고 있는 이 풍경이 정말 아름다워. 조만간 완전히 옷을 갈아입은 나무들도 볼 수 있을 것 같아.

10월 1일

일기(를 가장한 편지)를 적으려던 도중 도착했다는 마부 아저씨의 말소리가 들렸다.

한 달 가까이 거의 쉬지 않고 부지런히 달려 도착한 마을은 그녀가 왜 사랑했었는지를 알 수 있을 만큼 생기가 가득하고 사랑이 넘치는 마을이었다.

…누구 하나 사라져도 아무런 영향이 없을 만큼 말이지.

그녀의 편지에서 읽었던 번화가에서 가장 큰 보석점을 찾아들어갔다. 그리고 가게의 주인, 로레인의 어머니로 보이는 사람에게 로레인에게 알리움이 달리아를 찾아왔다고 전해달라 간절히 청했지만 낯선 이와 자신의 딸을 만나게 할 수 없다며 거절당했다. 딸을 보호하려는 어머니의 마음도 이해되었지만 달리아를 찾는 것이 급선무라서 그런 것까지 생각할 처지가 되지 못했다. 어머니께 호소하던 중 로레인이 보석점의 문을 통해 들어왔다. 다급한 마음에 그녀에게 빠르게 다가갔다. 낯선 이가 자신에게 다가오자 그녀는 뒷걸음질 쳤지만 그가 알리움이란 걸 밝힌 순간 그녀의 눈빛이 바뀌었고 작은 쪽지를 그에게 건네주었다.

"달리아가 떠난 곳의 주소예요. 부디, 빨리 도착해 주세요."

그녀에게 큰 감사를 표하고 다시 마차에 올라탔다. 한 달이라는 짧지 않은 시간이 걸리는 거리. 그 거리를 다시 한번 지나야 했다. 그는 덜컹거리는 마차 안에서도 편지를 쓰는 것을 멈추지 않았다.

친애하는 리아에게, 너에게로 가는 알리움이

네게 닿지 못하는 두 번째 편지야. 흔들거리는 마차에 몸을 가만히 기대고 있으면 텅 비어버린 내 머릿속을 물음표들이 가득 채워. 어떻게 혼자서 이렇게 먼 길을 갔어? 외롭진 않았어? 네게 하고픈, 나누고픈 말들이 너무 많아. 너의 그 연보랏빛 머리칼, 네 목소리, 네 모든 것이 그리워져. 최대한 빨리 네게 닿을 수 있도록 노력해볼게. 리아.

10월 03일

오늘은 날씨가 너무 좋지 않아서 잠시 근처 마을에 들렀다가 이 비가 그치면 다시 출발하기로 했어. 마침 말들도 한 번 쉬어야 할 때였는데 오히려 잘 된 걸까? 요즘 들어서는 최대한 모든 걸 긍정적으로 생각해 보려 노력하는 중이야. 그래야 너와 만났을 때 눈물을 보이지 않고 활짝 웃으며 그간의 이야기를 나눌 수 있을 테니깐. 네게 가는 길은 정말 멀지만 가는 내내 시엘이 즐거워하는 걸 보면 지루할 틈이 없어. 아! 편지에 이 내용을 적지 않았구나! 네게로 가는 길에 시엘도 합류하게 됐어. 널 만나고 돌아올 때가 언제가 될지도 모르고 너 역시도 시엘을 만나보고 싶을 것 같아서. 음... 이 편지? 일기? 뭐라 부르기도 애매한 것에서는 내 다급함이 느껴지지 않도록 굉장히 노력하는 중이야. 널 만나면 분명 놀림당할 테니까.

부디 빨리 이 비가 그쳤으면 좋겠다.

10월 06일

이제서야 비가 그쳤어. 3일 동안 내내 마을의 여관에만 박혀 있었더니 온몸이 삐그덕거리는 기분이야. 다시 힘내서 출발해야지! 네가 있는 곳의 날씨는 언제나 화창했으면 좋겠다. 넌 비 오는 날씨도 좋아하지만 해안가 쪽의 마을은 비가 많이 오면 위험할 테니깐.

자꾸만 조급해지는 마음을 너와 조금씩 가까워지고 있다는 생각으로 간신히 억누르는 중이야... 여유로이 기다려줄 거지?

10월 07일

밤하늘을 수놓는 별들이 너무나 아름다운 밤이야. 너도 이 하늘을 보고 있을까? 네가 이 하늘을 보았다면 너도 지금 분명 내게 이 밤하늘을 전할 편지를 쓰고 있겠지. 마차를 이끄는 마부 아저씨와 말들, 시엘까지 모두 깊은 잠에 빠져든 밤인데 나는 왜 이렇게 잠이 오지 않는 걸까? 너도 나와 같은 고민을 하고 있을까? 음... 하지만 너는 예전부터 일찍 자고 일찍 일어나는 그런 부지런한 사람이었으니깐 지금 내 추측은 잘못된 것이려나? 하하, 아무럼 어때. 네가 이 하늘을 보았든, 보지 않았든 우리가 만나 나눌 이야기들이 많다는 사실은 변하지 않는걸. 이상하게 편지를 쓰다 보니깐 또 졸음이 쏟아지네... 이만 나도 잠자리에 들어야겠어. 좋은 꿈 꿔, 리아.

10월 8일

네게로 가는 길이 온통 단풍빛으로 물들었어. 붉은색, 노란색, 주황색, 색색깔의 빛으로 뒤덮인 풍경이 마치 노을을 보는 것 같아. 마차를 타고 오던 도중 다람쥐 한 마리를 봤어. 시엘이 흥분해서 실컷 짖어버리는 바람에 금세 도망쳐버렸지만.

이렇게까지 다람쥐를 자세히, 가깝게 본 건 아마 이번이 처음이었지 않을까? 어릴 적에 본 적이 있는 것 같기도 하고, 잘 기억이 나지 않네. 널 만나게 되면 물어봐야겠다. 네가 나보다 기억력이 훨씬 좋으니깐, 분명 넌 기억하고 있겠지? 널 만나게 될 날을 기다리는 이유가 하나 더 늘었네. 어서 빨리 네게 닿고 싶다.

10월 10일

어제 마차 바퀴가 진흙에 깊이 빠져버리는 바람에 정말 정신이 하나도 없었어. 진흙탕에서 바퀴를 빼내는 데는 성공했지만 옷이 온통 진흙투성이가 되어버린 거 있지. 옷을 넉넉히 가져와서 정말 다행이야. 조만간 마을에 한 번 들러서 그간 입었던 옷들을 한 번 싹 세탁해야 할 것 같아. 아, 내 옷만이 문제가 아니야. 시엘이 처음 본 그 커다란 진흙탕에 온몸을 굴려대는 바람에 시엘의 그 검고 하얗던 털이 온통 갈색빛으로 물들었어. 조랑말이라고 속여도 믿을 정도야. 정말.

험난했던 어제 하루를 보내고 났더니 오늘은 또 몹시 평화로운 하루야. 한낮의 따사로운 햇빛에 시엘과 서로의 몸에 기대어 잠시 낮잠을 잤어. 이제는 몸도 이 덜컹거림에 익숙해졌는지 더이상 멀미를 하지 않아. 정말 다행이라고 생각해. 거의 두 달이라는 시간 내내 멀미를 해야 했다면 정말 고통스러웠을 거야.

열심히 달려 도착한 큰 마을에서 이틀간 재정비를 한 후 다시 출발하기로 했다. 말라버린 진흙들이 군데군데 들러붙어있는 시엘을 씻겨주고 그도 자신의 몸과 옷들을 씻어냈다. 식료품점에 들러 간단히 먹을 것들도 구매하고 의류점에도 들러 또 슬슬 추워질 날씨에 대비해 담요와 조금 두툼한 옷가지를 구매했다.

마차의 덜컹거림에도 꽤 익숙해졌다 생각했지만 숙소의 푹신한 침대에 몸을 뉘였을 때 그 생각이 틀렸다는 것을 깨달았다. 푹신한 침대와 몸이 닿자마자 굳어있던 온몸의 근육들이 비명을 질러대기 시작했다. 이틀간 최대한 몸의 피로를 풀고 가야 한다는 생각으로 고통을 뒤로하고 눈을 감았다.

10월 13일
지난 이틀간은 규모가 꽤나 큰 마을에서 이것저것 재정비를 하며 시간을 보냈어.

폭신한 침대에서 이틀간 시간을 보냈더니 다시 이 덜컹거리는 마차에 적응하기까진 또 조금의 시간이 필요할 것 같아. 앗, 나뿐만 아니라 시엘도 똑같은 것 같아. 침대에서 시엘과 함께 잤거든. 지금 마차가 덜컹거리니 불편한지 꼬리로 바닥을 탁탁 치고 있어. 시엘을 위해서 마차 바닥에 추울 때 입으려고 산 두툼한 옷가지를 깔아줬어. 탐탁치 않지만 전보다 편한 것이 꽤나 마음에 드는 모양이야. 시엘의 표정을 네가 꼭 봐야 하는데 너무 아쉽다.

10월 14일

오늘은 콧노래가 절로 나올 만큼 날씨가 정말 좋아. 마차의 커다란 창으로 들어온 햇빛이 네가 준 브로치에 반사되어서 마차 안이 마치 빛의 파편들로 가득 찬 것만 같아. 오늘은 이 따사로운 햇빛과 덜컹거리는 마차의 리듬에 맞추어서 실컷 낮잠이나 자야겠는 걸. 좋은 오후 보내. 달리아

10월 15일

네가 내게 줬던 책을 들고 왔어. 내가 아무리 지루해져도 이 책을 과연 읽을까 싶었지만 저번 내렸던 비와, 마차가 진흙에

빠졌던 것 때문에 이미 꽤나 시간이 지체되어서 당분간 마을에 쉬어가지도 않을 거고, 날씨도 너무 좋아서 마차가 서게 될 일이 없으니 정말 잠을 자는 것 말고는 편지를 쓰거나 책을 읽는 것, 이 두 가지밖에 선택지가 없더라, 음… 편지를 쓰는 것도 좋지만 너는 내가 이 책을 읽는 것을 더 좋아할 것 같아. 어떻게 생각해? 부디 내 추측이 맞았길 바라.

10월 16일

마차 안에 가만히 몸을 뉘이고선 하루 종일 책만 읽었더니 어느새 끝이 나있더라. 네가 가장 좋아하는 책답게 글의 몰입력은 정말 훌륭했지만 중간중간 치고 나오는 그 오그라드는 멘트들은… 윽… 아무리 읽어도 적응이 되지 않더라. 너는 그 부분들이 이 책의 묘미라고 말했었지만… 음, 조금 더 고민해볼 필요가 있는 것 같아. 개인적으로 책의 제목이 가장 인상적이었어, "겨울이 오기 전에" 라니, 책에 대한 이야기는 너와 만났을 때 나누고 싶으니깐 지금은 아껴두도록 할게.

…겨울이 오기 전에 너와 다시 만날 수 있을까? 하하, 너무 이른 고민인 걸까. 점점 도착점에 가까워질수록 오히려 마음은 점점 더 조급해지는 것 같아. 빨리 이 여정의 종지부를 너와 함께 찍고 싶어, 리아.

10월 19일

근 3일 동안 비슷한 날들의 연속이었어. 맑고 화창한 날씨, 솜사탕같이 하얗고 몽실한 구름이 떠다니는 하늘, 그리고 늘어져서 하품을 하는 시엘과 편지를 쓰거나 가져온 책을 읽으며 시간을 보내는 나. 네가 본다면 너무 늘어진 것 아니냐며 웃음기가 잔뜩 묻은 목소리로 잔소리하겠지.

…바람이 부쩍 불며 날씨가 서늘해지더니 시엘의 털갈이가 시작되어 버렸어. 마차 안이 온통 희고 검은 털들로 덮인 모양새가 꼭 눈과 흙먼지가 동시에 내린 것 같아. 편지를 쓰고 있는 지금도 내가 공기를 마시고 있는 건지 시엘의 털을 마시고 있는 건지 모르겠어. 조금 힘들지만 그래도 함께 따뜻한 겨울을 날 준비를 하고 있는 거니깐 이해해야지.

내일부터 또 다시 이틀 정도, 큰 마을에 들러 한 번 더 재정비를 할 거야. 이번 재정비를 마지막으로, 드디어 네게 닿을 수 있어. 네가 좋아하는 따뜻한 차 한잔과 크루와상을 먹으며 여유로운 마음으로 기다리고 있어줘.

어느덧 그가 사랑한 마을을 떠나온 지 두 달이 다 되어가고 있다. 이 말은 즉슨 달리아와 만날 날이 얼마 남지 않았다는 말이기도 했다. 이제 열흘만 지나면 달리아와, 그토록 그리워했던 달리아와 늘 그래왔든 대화를 나누고, 함께 다과를 즐기며 다시 한번 평범한 일상들을 보낼 수 있다.

…그럼에도 자꾸만 엄습해오는 이 기분 나쁜 불안감은 대체 무엇일까. 생각했지만 굳이 그 출처를 찾아내려 하지는 않았다. 그저, 그저 걱정 많은 자신의 망상이라 치부했다.

10월 22일

또 한 번의 재정비를 끝냈어. 이제 정말 조만간이야. 정말 조금만 더 가면 너와 만날 수 있다고 생각하니 절로 힘이 나는 것 같아. 아, 물론 나는 그저 이 덜컹거리는 마차에 몸을 실을 뿐이지만 말야.

그러고 보니 올해 네 생일을 챙겨주지 못했네... 대신 내년 생일은 그 어느 때보다 더 화려한 생일파티를 하자. 자작님과 시엘, 그리고 너랑 나, 로레인과 네가 그 해안가 마을에서 친해지게 된 이들 모두를 불러 그 어느 때보다 성대한 생일을 보내보는 거야! 어때?

10월 23일

 어제 편지에 커다란 점과 함께 내용이 제대로 마무리되지 않아 많이 놀랐을 것 같아. 사실대로 말하자면 편지를 쓰다가 깜빡 잠이 들어버렸지 뭐야. 그 상태로 한참을 자다가 시엘이 얼굴을 핥아줘서 겨우 깨어났어. 일어나자마자 편지에 스며든 잉크 자국을 지우느라 바빴고. 하하 민망하다.

 이제 정말 겨울이 다가오고 있나 봐. 색색깔로 물들어있던 잎들이 언제 그랬냐는 듯 앙상한 나뭇가지만을 남겨두고 땅으로 떨어져 스러져가고 있어. 네게 닿을 수 없는 이 편지를 쓴지 꽤 오래되었지만 새삼스레 요즘 기분이 이상해. 곧 네가 읽을 거라는 생각을 해서 그런 걸까?

10월 25일

 오늘은 하늘에 지는 노을이 정말 아름다웠어. 숲길을 달리며 책을 읽고 있었는데 문득 붉은 빛이 눈에 들어와 고개를 돌려 보니 노을이 정말 붉고 또 붉게 타오르고 있었어. 예전에는 자주 이렇게 노을이 질 때면 집 근처의 언덕에 걸터앉아 한참동안 이 풍경을 지켜보곤 했는데, 시간이 멈추길 바랄 만큼 그 시간이 너무나 행복했어. 요즘 따라 왜 이리 아름다운 것들이 많이 눈에 띄는지 모르겠어. 이 모든 것들을 너와 나누고 싶은데 자꾸만 혼자 보게 되서 조금 속상하다. 어서 빨리 이 마차가 너의 집에 도착해서 너와 바다가 보이는 그 창가에 앉아 이 노을을 다시 한 번 함께 바라보고 싶은 건 너무 내 욕심인걸까?

10월 28일

너와의 재회가 얼마 남지 않았단 사실에 복잡해진 머릿속을 정리하느라 3일을 그냥 보내버렸어. 요즘 부쩍 생각할 것들이 많아지는 것 같아. 너를 다시 만나게 된다면 어떤 말부터 꺼내야 할까? …좋지 못한 일을 당하고 크게 지쳐버린 네게 위로의 말을 건네는 것이 가장 먼저겠지. 네게 위로의 말을 건네고 나면 서로를 꽉 끌어안으며 보고 싶었다고 말해주고 싶어.

10월 29일

저번에 구매해두었던 옷을 오늘 입어보았어. 시엘에게는 두꺼운 옷 대신 담요를 깔 것으로 주었고, 구매한 지 조금 지난 쿠키를 먹으며 시간을 보냈어. 너도 따뜻한 겨울을 날 준비, 잘하고 있지? 너라면 아마 벌써부터 집에 먹을 것을 잔뜩 쌓아두지 않을까 싶어. 너에게 가까워지면 가까워질수록 그렇게나 잘 가던 시간이 갑자기 가지 않는 건 왜일까?

10월 31일

　…드디어 내일이면 널 만날 수 있어, 달리아. 지금 심장이 너무 두근대는데 괜찮은 거겠지? 분명 기뻐야 하는데 자꾸만, 자꾸만 불안해져. 손끝이 네 편지를 받았을 때처럼 자꾸 떨려와. 제발 내 직감이 틀린 거라고 누가 말해줬으면 좋겠어. 지금까지 아무렇지 않은 척 해왔지만 사실 매일이 불안감의 연속이었어. 어서 빨리… 제발 너를 만나고 싶어. 리아… 너와 얼굴을 마주보고 앉아 그간 있었던 일들에 대해 이야기를 나누고 싶어. 기다려줄 거지? 그렇지?

　덜컹거림을 멈추지 않고 계속해서 나아가던 마차가 이내 해안가에 위치한 작은 마을에 멈춰 섰다. 여기까지 긴 여정을 함께 해준 마부께 비용을 지불하고 마차를 떠나보냈다. 겨울이 다가오는 바닷가의 바람이 제법 서늘했다. 추운 것을 싫어했는데 어째서 이런 곳을 새로운 삶터로 삼은 걸까, 의문이 들었지만 직접 만나서 물어보기로 마음먹고 발걸음을 옮겼다. 로레인이 알려준 주소의 집 앞에 섰지만, 인기척이 느껴지지 않았다. 순간 가슴이 덜컥, 내려앉았다. 그럴 리 없다, 분명 잠시 집을 비운 것일 뿐이라며 자꾸만 떠오르는 불안감의 확신을 부정하며 살을 에는 그 추위도 모른 척 한 채 몇 시간이고 그녀의 집 앞에 쪼그려 앉아 돌아오지 않을 그녀를 기다렸다.

손과 발에 감각이 무뎌질 때쯤 누군가 그에게 다가왔다. 인자한 인상을 가진 할머니였다.

"젊은 청년이 무슨 사연이 있는 지는 모르겠지만 어여 일단 집 안으로 들어와, 그러다가 정말 얼어 죽어."

할머니는 그를 자신의 집 안으로 이끌었다. 따뜻한 공기가 맴도는 오두막 안에서 할머니가 먼저 그에게 물었다.

"그래서 누굴 기다리는 것이여?"

그제서야 정신을 차린 그는 달리아에 대해 설명하기 시작했다. 연보라빛 머리칼을 가지고 올해 3월에서 7월 사이 이사온 여자 아이가 어디 있는지 아시냐고, 그래 그렇게 물었다. 할머니는 그의 설명을 듣고서는 그를 딱한 표정으로 쳐다봤다.

"그래... 그 처자를 찾는 것이 구마잉... 아이고 이를 어째.."

온몸이 경련하듯 떨려왔다. 다음 말을 듣고 싶지 않아졌다. 울고 싶어졌다.

"오뉴월 즈음에, 웬 처자 한 명이 여기로 이사를 왔었어, 그려. 참 참한 처자라고 생각했어. 근디, 다음 날에 우체국에만 한 번 다녀간 걸 본 이후로 그 처자를 본 사람이 아무도 없는겨. 그래서 그 처자네 집을 중심으로 주변을 샅샅이 살폈는디."

할머니가 그의 눈치를 살피다가 숨을 크게 들이쉬시고는 다음 문장을 이어 말하셨다.

"바닷가에서, 발견이 되었어."

그 이야기를 듣자마자 오두막 밖으로 뛰쳐나가 구역질을 해
댔다. 먹은 것이 없어 아무것도 역류하지 않았지만, 그럼에도
구역질을 멈출 수가 없었다.

도저히, 도저히 믿을 수가 없었다. 달리아가 죽었다니, 그런
말도 안되는 일이 벌어졌을 리가 없다고 생각했다. 언제나 봄
꽃같이, 아무 근심 걱정이 없는 것처럼 해사하게 웃어주던 그
녀가 죽음을 선택했다니, 거짓말일 것이다. 지금 그는 지독한
악몽을 꾸고 있는 게 틀림없다고 생각했다. 아니, 그래야만 한
다. 하지만 이후 그는 그의 등을 도닥여주는 그 손길에 현실을
자각할 수밖에 없었다. 눈물이 속절없이 흘러내렸다.

겨우, 호흡을 다잡은 그를 할머니는 다시 오두막 안으로 데리
고 들어오셨다. 할머니는 그에게 달리아와의 관계에 대해 물으
셨고 제정신이 아닌 채로 그는 그간 있었던 일들을 조용히 말
씀드렸다.

그의 이야기가 끝나자 할머니는 자신을 따라오라며 그를 어

딘가로 이끌었다. 바다와 조금 떨어진 작은 언덕 위에 올라가자 네모난 유리관과 그 안에 잠든 듯, 고요히 누워있는 달리아의 모습이 보였다. 지금 이게 무슨 상황일지 판단할 겨를도 없이 유리관 속 가만히 누워있는 그녀에게 달려갔다. 그리고 또다시 미친 듯이 울었다. 유리관 속 리아는 그가 깨우면 금방이라도 다시 일어나 왜 이렇게 늦었냐며 이야기 해줄 것만 같았다. 한참을 울다가 거의 탈진해 고개를 들었을 때, 노을이 지고 있었다. 그렇게도 함께 보고 싶었던 그 노을이 지고 있었다. 그런데 너는 왜 보지 못할까.

그가 한참을 우는 동안 그 할머니는 곁을 지켜주셨다. 마치 이런 일을 자주 겪어보았던 것처럼. 잠시 뒤 그가 지쳐 울음을 멈추자 할머니는 이야기를 해주기 시작했다.

"옛날, 한 연인이 있었단다. 하지만 그 중 한 사람이 오랫동안 자리를 비워야 하는 일이 생겼고, 다른 이가 자신의 연인을 기다리던 도중 사고로 목숨을 잃었단다. 떠났던 이가 돌아왔을 때 그는 자신의 연인을 찾았지만 이미 차디찬 땅 속에 묻혀 작별인사조차도 할 수 없는 상태였지. 그에 절망한 그는 자신의 연인을 따라 목숨을 끊었단다. 그걸 본 누군가 목숨을 잃었을 때 그 사람의 가장 소중한 사람이 함께 있지 못한 상황이라면 죽은 이를 유리관 속에 넣어 나중에 소중한 이가 그를 찾아왔을 때 작별 인사를 나눌 수 있게 해주었단다.

그 아이는 이 마을에 온 지 정말 얼마 되지 않아 목숨을 잃게 되어 과연 누가 찾아오긴 할까 걱정이었는데, 다행이구나. 일 년 안에 찾아오지 못하면 마을 사람들이 묻어주는데, 이리 작별 인사를 나눌 수 있어 다행이야."

그녀를 만나고도 일주일 동안, 내내 그 언덕을 올랐다. 변하지 않는 그녀의 얼굴, 자세, 표정, 금방이라도 그의 이름을 불러줄 것만 같은 그녀가 이제 다시는 그와 이야기를 나눠주지 못한다. 그 사실이 너무나도 서글퍼서 쉽사리 마음을 정리할 수가 없었다. 그 마을에 머무르는 동안 그녀의 집에 머물렀다. 고작 하루밖에 머물지 않은 곳도 집이라 칭할 수 있다면. 그녀는 고작 하루를 머물렀음에도 그의 짐을 풀어 잘 정리해두었다. 그 모습조차도 그녀다웠다. 매일매일이 눈물로 가득 찼다.

마을에 머무른지 딱 일주일이 되던 날, 그녀의 집 책장에 있던 책들 중에서 그녀가 가장 좋아했던 책이 눈에 들어왔다. 무의식적으로 손을 뻗어 책을 꺼내어보았다. 책에 쌓인 먼지에 또 울컥하는 감정을 누르며 가볍게 먼지를 털어내던 도중 책장 사이에 끼어있던 무언가가 바닥으로 떨어졌다. 재빠르게 몸을 숙여 떨어진 것을 주웠다. 편지였다. 달리아가, 알리움에게 남긴 편지. 그는 빠르게 봉투를 뜯어 내용을 살펴보았다.

내 가장 소중한 사람 리리에게, 언제나 너를 응원하며 너의 리아가

안녕, 리리. 네가 이 편지를 읽을 때쯤이면 아마 난 더 이상 네곁에 있진 못하겠지. 너를 두고 홀로 먼저 기나긴 길을 나서게된 것에 대해선 정말 미안해. 하지만 난 정말로 너무 지쳐있었고, 더 이상 삶을 견뎌낼 용기가 없었어. 모든 이들이 내게 비난을 쏟아내고, 내가 믿었던 이들에게 배신당하는 그 상황이, 나름 익숙해져 있다고 생각했지만 그게 아니었나봐.

사실 나도 이 모든 게 내 잘못이 아니란 걸 잘 알고 있었어. 하지만 그걸 알고 있음에도 견뎌내기 힘든 건 어쩔 수 없더라. 마지막 장소를 이 곳으로 고른 건 너도 이미 봐서 알겠지만 이 마을의 특이한 장례풍습 때문이었어. 내 마지막 모습조차 보지못한다면 네가 너무 너 스스로를 자책하고 미워할 것 같아서. 내 마지막으로 부탁하건데 부디 그러지 말아줘. 절대 나 따라오겠다는 생각도 하지 말고. 그리고 자작님 너무 슬퍼하시지

않게 위로해드릴 수 있지? 자작님께도 그간 신세 많이 졌고 먼저 가게 되어서 정말 죄송하다고 전해줄래?

네 사업은 무조건 번창할거야. 내가 장담할게. 내가 네 최고의 고객 아니겠어? 하하

음... 가장 아쉬운 건 시엘을 한 번도 보지 못했다는 거랑 네 얼굴을 보지 못하고 간다는 거. 그거 말고는 크게 아쉬운 건 없는 것 같아. 이만하면 잘 산 거 아닐까?

그래도 너랑 해보고 싶은 것들이 정말 많았는데... 아쉽지만 어쩔 수 없지. 다음 생을 노려 보는 수 밖에! 마지막 편지치고 너무 장난스럽나? 그치만 너와의 마지막을 그저 눈물로 장식하고 싶지 않은 걸, 이해해줄 수 있지?

네가 앞으로도 영원히 행복했으면 좋겠어. 넌 내가 가장... 넌 내게 가장 소중한 사람이니깐. 소중한 이의 행복을 바라는 건 당연한 거잖아? 그치? 막상 마지막이 되니깐 할 말이 없네... 하하.

음... 네가 이 마을을 찾아왔을 때 가장 먼저 보게 될 것이 내가 눈을 감은 채 유리관 속에 누워있을 모습이라고 생각하니깐 기분 되게 이상하다. 네가 이 편지를 읽을 때쯤이면 다시 찾아

온 11월, 12월 즈음일 텐데, 네 생일 축하해주지 못해서 미안해. 어째 제때 축하해주지를 못하네..

큼큼, 미리 생일 축하해, 리리. 내 책상 서랍을 열면 작은 열쇠가 있을 텐데, 그 열쇠로 이층의 잠겨있는 문을 열어봐.

그녀가 마지막으로 남긴 편지에 따라 그녀의 서랍에서 찾은 열쇠로 이층, 잠겨있는 방을 열었다. 그 방의 중앙에는 조금 먼지가 쌓인 오르골이, 놓여져 있었다.

네 맘에 들어야할 텐데. 오르골이야! 노래는 우리가 어릴 적 가장 많이 들었던 클래식으로 설정해뒀고, 안을 열어보면 로켓 펜던트가 있을텐데 너랑 나, 그리고 자작님 셋이서 그렸던 초상화를 작게 그려서 넣어뒀어. 맘에 들었으면 좋겠다. 큰 건 아니어도 준비하는 데 꽤 시간이 오래 걸렸거든. 이런 식으로 건네주게 될 줄은 몰랐지만. 어쨌든 다시 한번 생일 축하해, 리리. 네 앞길에 축복만이 가득하길 언제나 빌어줄게. 난 언제나 네 곁에 있을 거야. 너무 슬퍼하지 말고 네가 잘 살아 갔으면 좋겠어. 마지막 편지를 이만 줄일게. 안녕 리리.

알리움은 남겨진 그녀의 편지, 그리고 그녀가 마지막으로 남긴 자신의 생일 선물을 앞에 둔 채 또 다시 한참 동안 눈물을 흘렸다. 리아가 자신에게 사랑을 말했을 때 사실 진정으로 그가 느꼈던 감정은 분노와 배신감이 아닌 두려움이었다. 더 이상 자신과 그녀의 관계가 유지되지 못하면 어쩌나 하는 걱정에서 비롯된 두려움. 그래서 그는 그 두려움을 떨쳐내고자 리아가 자신에게 사랑을 말하는 것을 더 금기시 시켰는지도 모르겠다. 하지만 지금에 와선 너무나도 후회가 되었다. 그 역시도 그녀를 너무나 사랑했다. 이 감정은 이미 아주 오래전에 싹을 틔운 감정이었으나 두려움이라는 그늘에 가려져 빛을 보지 못한 채 그저 자리를 지켜왔었다. 대체 왜 이제 와서야 자신은 이 그늘에 가려진 감정을 발견하고 색을 입혔을까. 가슴에서 번져나온 통증으로 온 몸이 아릿했다. 더듬더듬 팔을 뻗어 그녀가 자신에게 남긴 펜던트를 목에 매었다. 덜덜 떨리는 손 탓에 쉽게 매어지지 않아 몇 번의 시도 끝에야 겨우 찰칵 소리와 함께 은빛의 펜던트가 가슴께에서 찰랑거렸다. 덜덜 떨리는 다리를 붙잡고, 가장 처음으로 마주했던 할머니의 오두막집을 찾아가 그녀를 묻는 것을 도와달라 청했다. 할머니는 마을 사람들 몇몇을 불러와 그녀의 마지막을 도와주었다. 정말로, 정말로 이별이었다.

어둠이 적막히 내려앉아 모두가 단잠에 빠진 밤, 누군가는 하얀 촛대 위 홀로 고고히 일렁이고 있는 촛불 하나에 의지하여 사랑하는 이에게 편지를 써 내려가고 있다.

이 편지는
누군가에겐 작별을 고하는 편지일 것이고,
누군가에게는 새로운 시작을 고하는 편지일 것이다.
또한 누군가에게는 끝내 다 익지 못할 열매를 맺은 풋사랑의 편지일 것이다.

다만 나는 당신에게 그리움을 담아 이 마지막 답장을 전한다.
첫사랑의 풋내음을 가득 담아, 이제는 닿지 못할 당신에게 전한다.

그리움을 담아 알리움이, 사랑하는 달리아에게

▽ 지금 우리가 가장
따뜻할 때

한혜진

1

어느 봄날, 새 학기를 알리는 종소리가 울리고, 새로운 반이 배정되고, 학교생활의 모든 것이 새로 시작되었다. 현석은 고등학교 3학년이 되어 벌써 입시 생각에 지쳤다. 스트레스와 걱정이 쌓이고 있다. 유설은 초등학생 때부터 현석을 봐왔다. 간발의 차이로 현석보다 한 살 어리다. 유설도 2학년이 되어 고민이 많아졌다. 작년에 함께 친하게 지냈던 친구들과 대부분 떨어져 혼자 1년을 살아내야 한다. 반 배정 프로그램에 저주가 내려진 모양이다. 그래도 유설은 오랜 짝사랑 상대인 현석의 반과 조금 가까워졌다고 좋아했다. 학년은 다르지만 같은 층이기 때문에 마음만 먹으면 화장실 앞에서 마주칠 가능성이 높아졌다.

둘은 초등학교 2학년 때 만났다. 아, 유설이 현석을 처음 만났다고 하는 게 맞겠다. 현석은 엄마가 하는 편의점 앞을 자주 지나가는 학생이었다. 현석 엄마가 신경을 써주시는지 늘 깔끔하게 옷을 입었고 잘 웃는 모습이 보기가 좋았다. 그때 현석이 마음에 들어 현석이 다니는 태권도 학원, 피아노 학원을 몰래 함께 다녔고, 중학교 때는 유설이 어쩔 수 없이 전학을 가게 되어 잠시 떨어지게 되었지만 고등학교에서는 다시 얼굴을 볼 수 있게 되었다. 원래 현석은 다른 고등학교에 가려고 했다. 부모님의 회사 때문에 이 학교를 다니게 되었는데, 그곳에 유설도 입학했다.

유설이 입학하고 처음 학교에서 현석을 만났을 때 긴가민가 생각했다. 꿈인지 생시인지 구분이 안 갔다. 하지만 현석이 맞다는 걸 바로 알 수 있었다. 그동안 유설이 현석의 고등학교를 물어보고 다닌 건 맞지만, 정보통에 따르면 현석은 다른 고등학교를 다니고 있었다. 솔직히 그 학교로 가고 싶었는데 거리가 멀어 가까운 학교를 갔고, 그곳에서 현석을 만난 것이다. 다른 곳에 있을 줄 알았던 사람이 눈앞에 있다니 믿기지 않았다. 운 좋게 김현석이 전학을 왔다고 볼 수도 있다. 오히려 좋았다. 내가 현석을 짝사랑 하고 있는 걸 알고 있던 친구들한테도 자초지종을 설명했다. 가능성이 있어 보였다. 잘되라고 응원해 주었다.

둘은 친하지 않다. 아니 유설만 현석에 대하여 잘 알 뿐, 현석은 유설에 대하여 아무것도 모른다. 얼굴조차도 모를 수도 있다. 자신의 존재를 알고 있긴 할까 궁금한 유설, 자신의 마음을 표현해 보기로 마음먹었다. 근데 사실 아무런 방법이 없었다. 힘들 걸 알지만 선택한 방법이었다. 현석은 전혀 관심도 없어 보였다. 유설만 일방적으로 좋아하다보니 현석에 대해 정보가 있었지 현석은 유설에 대한 아무런 정보가 없으니 더 어려웠다. 일단 얼굴을 익히기로 마음먹었다. 아무리 아는 정보여도 모른 척 들어야 한다. 뭔가 서로 새롭게 알아가는 느낌을 주기 위해서랄까.

큰 마음을 먹고 집에 돌아와 페이스북 메시지로 첫 연락을 했다.

'안녕하세요. 오늘 학교에서 보고 친해지고 싶어 연락 드렸어요.'

1분, 10분, 30분, 1시간, 하루... 아무 답이 없었다. 다음날 학교 마치고 집에 돌아와서도 답이 없어 유설은 풀이 죽어 있었다. 메시지 창만 들여다 봤다.

'그래 내가 뭔 짝사랑을... 될 일이 없지..'

'띠링!'

손에 진동과 함께 알림이 울렸다. 현석이었다. 서로 친구가 되어있지 않아 메시지 알림이 울리지 않았던 것이었다. 내가 연락한 것을 뒤늦게 확인을 하게 되었나보다. 심장이 두근거렸다.

'아, 네. 안녕하세요.'

유설은 고민했다. 뭐라고 보내야 할까.. 어색하게 타자를 치기 시작했다.

'선배 2학년 맞으시죠..?'

'네, 맞아요. 혹시 제 이름을 어떻게 아시는지.. 물어봐도 될까요?'

유설은 순간 머릿속이 복잡해졌다. 부담스러우면 어떡하지...

'기억하실진 모르겠지만 같은 초등학교 나왔었어요! 그런데 학교에서 보여서... 맞는지 궁금하기도 했고 어제 집 와서 연락할까 말까 고민도 했었어요. 반가운 마음에 망설여지더라고요.

근데 맞더라구요. 다행이기도 했어요. 혹시 연락 부담스럽거나 여자친구 계시면 연락 안 하겠습니다.'

혼자 오지랖인가 생각도 했다.

'그렇군요. 여자친구 없습니다. 연락하셔도 돼요.'

뭔가 무뚝뚝하였다. 친해지긴 힘들 것 같았다. 그래도 연락한 것에 만족했다.

'네! 불편하시면 언제든 말씀해주세요!'

최대한 밝게 말했지만 마음은 아니었다. 확인해보니 읽씹.. 도전한 게 어디냐며 복잡한 마음과 함께 누워서 잠에 들었다.

유설과 현석은 학교에서 종종 마주쳤지만 모르는 사이나 마찬가지였다. 그래서 유설은 일부러 현석이 들어간 우주 관련 동아리에 가입했다. 사실 유설은 뼛속까지 문과지만 현석을 보기 위하여 가입한 것이다. 그러나 우주에 관심이 조금 있기도 했다. 그래도 이과랑은 맞지 않다고 계속 생각이 들었다. 절대 이과는 아니야! 현석은 너무나도 이과 스타일이라서 더욱 어려웠다.

오늘은 동아리 활동이 있는 날이었다. 갑자기 선생님이 숙제를 내주셨다.

"2인 1조로 팀을 각자 짜서 밤에 별 조사를 하여 인증샷을 찍어오세요."

이 동아리의 최대 단점 중 하나. 같은 학년 친구가 없었다. 갑자기 머릿속에, 이 핑계로 연락을 하면 어떨지 생각이 들었다. 수업을 다 듣고 집으로 재빠르게 뛰어와 폰을 켜 문자를 쓰기 시작했다.

'선배! 아까 숙제 설명 잘 못 들어서 그런데... 자세하게 알려주실 수 있을까요?'

사실 유설은 누구보다 수업을 열심히 들었다. 내가 다 알고 있으면 선배가 모르는 것을 자기한테 물어보지 않을까 하는 마음으로 잘 보이기 위해 물론 숙제까지 다 잘 듣고 필기까지 해두었다. 현석이 오늘은 왠지 칼답이었다.

'아 그거 각자 2인 1조로 팀 만들어서 다음주 동아리 시간까지 별 하나 조사하고 사진 찍어오면 돼.'

처음으로 정성스러운 평소보단 긴 메시지였다. 유설은 지르고 보자는 생각으로 현석에게 다시 문자를 보냈다.

'그렇군요!! 선배 혹시 팀 할 사람 없으면 저랑 같이 해요..!'

현석은 평소에 인기가 많다. 당연히 동아리에서도 인기쟁이다. 함께 할 사람이 없다는 것은 말이 안 된다. 자기 친구들도 있는데...

'띠링'

'그래, 그러자.'

와?!! 이게 무슨 일..? 이렇게 바로 될 줄 몰랐다. 유설은 바로 답장을 보냈다.

'그럼 제가 날짜랑 시간 잡아서 메시지 드릴게요! 안 되는 날 있으면 알려주세요!'

세상 너무 설렌다. 나에게도 이런 날이 오다니.. 오랫동안 좋아한 보람이 있는 것 같았다.

'응, 그래 알겠어. 안 되는 날은 없고 오늘이 수요일이고 일주일 남았는데 목요일, 화요일은 내가 학원 때문에 다 끝나고 되고 나머지는 상관없어. 학원 끝나면 별이 잘 보일 시간이긴 해. 아무 날짜나 상관없어 주말이 편하려나?'

유설은 그럼 주말에 만나서 해가 지는 것을 같이 보자고 말한다.

'그럼 토요일 저녁 8시에 저희 아파트 공원에서 봐요! 10시까지 관찰하고 들어가면 될 것 같아요.'

'그래.'

유설은 학교에서 어색한 것이 싫었다.

'혹시 학교에서 보면 인사해도 되나요?'

'편하게 인사해.'

이렇게 쉬운 일을 왜 고민하였을까? 유설은 지금 너무 행복한 기분이 들었다. 자기 전에도 침대에 누워서 함박웃음을 지으며 생각에 잠겼다.

'왜 현석 선배가 나랑 팀을...'

벌써 토요일이 되었다. 오늘 유설은 현석을 만난다는 생각에 굉장히 떨었다. 유설은 현석에게 예쁘게 보이고 싶어 종일 어떤 옷을 입고 나갈까 고민했다. 결국 꾸안꾸를 선택했다. 그래 너무 신경 쓴 티를 내면 곤란하지. 최대한 간단하게 안 꾸민 듯 꾸민 척(?)을 하고 약속 장소로 나갔다.

"엇!! 선배 여기요!! 여기가 잘 보인데요!!"

"응, 그래. 여기서 보고 보고서 쓰자."

하늘에 반하여 예쁜 별을 보며 관찰 보고서를 다 썼다.

"선배! 전 이만 들어가 보겠습니다! 조심해서 들어가세요."

"너도 잘 들어가."

숙제도 다 하고 연락과 인사만 하고 지낸지도 꽤 된 어느 날 동아리 시간이 되었다. 선생님이 관찰 보고서 결과를 발표하신다고 했다.

"자!! 드디어 다들 많이 기다리던 관찰 보고서 점수 결과가 나왔다. 만점자가 두 명 밖에 없더구만. 바로 김현석, 이유설 둘이

다! 축하한다."

　서로 마주 보며 기쁨을 숨기지 못하였다. 이 일의 계기로 둘은 친해지게 되었다. 연락만 하고 지내던 둘은 이제 인사도 하며 장난도 서로 치고 없으면 안 될 둘도 없는 친구가 되어 있었다. 그래도 여전히 유설은 현석이가 좋았다.

　대입 준비에 힘든 현석은 각자 가야 할 길이 있다며 연락을 끊으려고 생각했다. 단단히 마음을 먹고 유설에게 연락을 했다.

　'유설 뭐 해.'

　'나? 그냥 누워있지. 왜?'

　'나 곧 수능이고 대학입시가 있잖아. 준비 때문에 바쁠 것 같아. 당분간 조금 거리를 두고 지내자.'

　'..? 그게 무슨 소리야. 이렇게 갑자기.'

　'미안. 언제 이야기를 해야 하나 고민하느라 너무 늦게 이야기를 하네. 아무것도 하는 게 없는 것 같아도 고3인데 긴장이 되는 건 어쩔 수 없어. 지금은 수능과 입시에만 집중하고 싶어.'

　'그래도……'

　'정말... 미안해...'

　'그래도……'

'미안해. 꼭 다시 연락할게.'

'그래도......'

2

'연락 꼭 한다고 했으면서... 2년이 지나도록 연락이 한 통 없어.'

유설도 성인이 되었다. 가끔 현석이 생각날 때도 있었다. 오늘도 갑자기 그 이름이 떠올랐었다. 이런.

띠링

12시가 되자마자 모르는 번호로 연락이 왔다.

'저 여기 유설 휴대폰 맞나요?'

'네, 제가 맞는데요? 누구?'

그 순간 머릿속에 떠오른 딱 그 사람... 현석 오빠다.

'맞지? 오빠.'

'응, 잠깐 시간 되면 만나자. 거기서 만나는 건 어때?'

현석을 오랜만에 만난다고 생각하니 조금 어지러웠다. 둘은 함께 숙제를 하던 집 앞 공원에서 다시 만났다. 어디에서 만나자고 정하지는 않았지만 둘은 거기가 어딘지 이미 알고 있었다.

유설이 먼저 말을 꺼냈다.

"왜 번호 다 바꾸고 연락 안 한 거야? 엄청 기다렸는데."

"실은 내가 원하던 대학도 붙었고 잘 다니며 좋게 살고 있었어. 근데 차마 연락을 못하겠더라. 너가 고3이었잖아. 한참 공부할 시기. 나 때문에 집중 못하면 안 되잖아. 또 갈라지기 싫었고. 그래서 기다렸어. 번호 바꾼 것도 그 이유고. 서로 잘 돼서 성인일 때, 사회 생활하며 잘 지낼 때 보고 싶었어. 나도 기다렸어. 많이 보고 싶었고 그만큼 힘들었어. 다행히도 너가 번호를 안 바꿨더라. 네가 성인 되는 날 바로 연락했어. 그래도 우리 볼 수 있어서 다행이야. 미안해 오래 기다리게 해서."

"그랬구나... 잘 지냈었다니 다행이야. 나도 원하던 데 붙었어."

유설은 안도감에 눈물을 흘렸다. 그걸 보고 현석은 이태껏 참았던 마음을 보이며 안아주었다. 현석도 눈물을 글썽였다. 서로가 제일 따뜻할 순간. 이때 현석이 말을 꺼냈다.

"늦었지만 이제 말할게. 미안해. 많이 늦은 것 같지만 진심으로 좋아했어. 근데 이제는 아닌 거 같아."

"응...? 그게 무슨 소리야 우리 이제 겨우 만났는데."

"사랑하는 거 같아. 정말 진짜야. 진지하게 만나자. 고생 많았어. 이때만 기다렸어."

서로 눈을 마주 본다.

"나도 이 순간이 오기만을 기다렸어. 지금까지 만나지 못했던 순간만큼 내가 잘할게. 우리 다시 만나."

이만큼 포근한 밤은 없을 것이다. 그의 품이 그런 것인지 아니면 날씨가 도와준 덕분인지, 그동안 고생한 게 다 내려간 기분이었다.

▽ 하나도 후회되지 않습니다

오진우

1

점심은 잡곡밥, 제육볶음, 쌈무, 쌈장, 쌈..... 내가 좋아하지 않은 음식들뿐이었다. 먹으면 먹을수록 '더 이상 참기 힘들어'라는 생각이 계속 들었지만 나는 내 자신을 누르고 몇 달 만에 급식을 다 먹었다. 너무 무리해서 먹은 탓일까, 속이 좋지 않았다. 배 속으로 들어오는 고통이 너무나 커졌다. 결국 나는 또 나를 이기지 못하고 보건실로 향했다. 보건실로 가던 중 매점으로 빵이 들어오는 것을 봤다. 빵을 매점으로 옮기는 아주머니는 내가 가장 친했던 영하 형네 아주머니였다. 저번에 오실 때보다 표정이 어두워지셨다. 배가 한 번 더 아파졌고 나는 속도를 올렸다. 보건실에 도착했다. 나는 선생님께 말씀을 드리고 약을 먹고 침대 누웠다. 괜히 나를 한 번 이겨보겠다고 무리하다가 나에게 당했다. 침대 잠시 일어나서 매점 쪽을 봤다. 아직도 아주머니는 빵을 옮기고 계셨다. 근데 뭔가 이상했다. 항상 같이 다니시던 영하 형네 아저씨가 보이지 않았다. '몸이 아프셔서 안 오셨나' '혹시 사고라도 당하셨다.' 점점 생각이 깊어질 때 배에서는 또 난리가 났다. 입에서 피가 나왔다. 나는 휴지 몇 장을 뽑아 피를 닦았다. 어릴 적부터 있던 일이라서 크게 걱정하지는 않았다. 누군가 보건실로 오는 소리가 들렸다. 나는 순간 소리를 죽였다. 나도 왜 그랬지 모르겠다. 그들은 들어와서 몇 마디를 나누었다.

"아, 우리 학교 급식 왜 이렇게 맛없냐."

맞다. 분명 유명 기업이 후원을 하고 있는데 밥이 왜 맛이 없는지는 아인슈타인이 와도 알 수 없을 것이다.

"그러니까, 분명 돈도 많으면서 급식에만 돈을 안 쓸까."

"에휴, 그냥 빨리 감기약만 챙기고 나가자."

그들은 약통에서 감기약을 가지고 보건실을 나갔다. 그들의 소리가 사라졌을 때 나도 일어났다. 일어나서 매점 쪽을 봤다.

아주머니는 이미 가신 후였다. 아주머니께서도 많이 힘드실 것이다. 하나뿐인 아들을 잃으셨으니.

영하 형은 나랑 같은 피아노 영재 출신이다. 영재라고 할 정도까지는 아니지만 서로를 부르는 별명이 피아노 영재 씨였기 때문에 정확하게는 피아노를 좋아하는 사람 정도로 생각하면 된다. 영하 형은 나와 2살 차이가 났지만 피아노라는 공통 관심사로 빨리 친해졌다. 중학교 때는 늦은 밤까지 피아노 칠 정도로 서로가 피아노를 사랑하는 마음은 꺼질 줄 몰랐다. 영하 형은 어린 시절에는 대회에서 상을 휩쓸고 다닐 정도로 피아노를 잘 쳤었다. 나는 그런 영하 형을 동경하고 있었다. 언젠간 나도 영하 형처럼 대회에서 상을 휩쓸고 다니고 싶었다. 영하 형의 겸손함과 예의 바른 모습으로 어른들에게도 인기가 많았다. 중학교 3학년 때 영하 형은 피아노 쪽으로 가기 위해 예고를 생각하고 있었다. 영하 형은 예전부터 화령예고에 진학하고 싶어했다. 어릴 적부터 좋아했던 김조환이라는 피아니스트가 화령예고 출신이었기 때문이었다. 하지만 화령예고는 들어가기 쉬운 학교가 아니다. 전국으로도 세계적으로도 유명한 학교이고 김세연이라는 피아노 여왕을 만들고 나서부터는 피아노 쪽으로는 수준급이 아니면 갈 수 없을 정도였다. 가장 큰 문제는 돈이 많이 든다는 점이었다. 집이 그렇게 부유하지는 않았기 때문에 영하 형은 고민하고 있었다. 부모님은 영하 형이 어릴 적부터 가고 싶다고 노래를 부른 고등학교를 돈 때문에 가지 말라고 할 수 없어서 '돈은 걱정하지 말고 하고 싶은 것을 해라'라는 말을 하셨다. 영하 형은 기쁜 마음으로 지원서에 화령예고를 썼다. 하지만 며칠 뒤 영하 형은 교통사고로 죽었다. 급하게 연락을 받고 병원에 갔을 때에는 이미 영하 형은 숨이 끊어진 상태였다. 영하 형 부모님은 영하 형이 죽기 전에 남긴 말을 전해주셨다.

"어머니... 아버지... 죄송해요... 오늘 화령고 합격해서 케이크 사서 가고 있었는데... 하하... 저 살 수 없는 것 같죠?... 다리에 감각이 없어요..."

"아니야... 살 수 있어... 조금만 버텨봐."

옆에서는 의사와 간호사가 출혈을 막고 있었다. 영하 형은 마지막으로 입을 열었다.

"동진이도 걱정하겠죠...? 동진이가 마음이 여려서 상처가 클 텐데... 동진이랑 같이 화령고에서 만나자고 약속했는데... 못 지키게 됐네요.... 부모님...... 낳아주셔서 감사합..."

기계가 눈치 없이 삐 소리를 냈다. 나는 그 말을 듣고 그 자리에서 30분 동안 울었다. 집에 와서도 나는 정신을 차릴 수 없었다. 며칠 동안 학교에도 못 가고 몇 달 동안 피아노를 못 칠 정도였다. 머릿속에서는 '이게 현실을 아니겠지. 이건 사실이 아닐 거야. 이거 꿈이지? 영하 형이 죽을 리가 없어. 진짜 아니지? 진짜?' 나는 한동안 정신을 못 차리다가 겨우 정신을 차렸다. 영하 형이 죽은 지 2달하고 4일 지났을 때였다. 영하 형은 예전부터 '나중에 내가 유명해져서 돈을 벌면 먼저 고생하신 부모님께 드리고 전쟁 때문에 고통받는 애들에게 기부하고 내가 가장 좋아하는 우리 동진이에게 내가 집 하나 사줄게.'라고 자주 말했었다. 내가 영하 형을 대신해서 영하 형의 꿈을 이루겠다고 다짐했다. 나는 영하 형을 위한 곡을 쓰기 시작했다. 중학교 3학년이 되었을 때 곡이 완성되었다. 제목은 '비 오는 날 그대'였다. 처음에는 구슬프게 그의 이름을 부르다가 결국 울음을 참지 못해 우는데 그 소리가 소나기 소리에 묻혀 소리가 들리지 않는 느낌을 주는 곡이었다. 나는 그 곡으로 화령예고에 진학했다. 심사위원들은 자기와 자리를 바꿔야겠다는 말이 나올 정도로 내 노래는 완벽했다. 첫 학기 때는 내 노래를 들은 애들이 신기해서인지 나에게 말을 걸었는데 시간이 지날수록 나에게 말을 거는 학생은 줄어들었다.

영하 형이 죽은 지 3년이 되었다. 나도 고등학교 2학년이 되었다. 영하 형 부모님은 그 이후로 다른 곳으로 이사를 가셨다. 그곳에서도 열심히 사셨다고 들었는데 며칠 전에 어머니께서 영하 형이 죽은 지 3년이 되는 날 영하 형네 아저씨가 음주운 전을 하는 차에 그 자리에서 돌아가셨다는 말씀을 전해주셨다. 충격이 컸다. 영하 형과 비슷하게 돌아가신 것에 의도적인 범 행이 아닐까 의심이 생기고 화가 났다. 하지만 이미 죽은 사람 을 살릴 수 없었다. 예전보다 힘든 일에 크게 쓰러지지 않았다. 그리고 며칠 후에 혼자 남으신 영하 형네 아주머니는 고통을 못 이기고 자살을 하셨다고 학교에 가기 전에 어머니께서 말씀 해주셨다. 잇다른 충격에 잠시 정신을 잃을 뻔했지만 또 다시 쓰러질 수 없었다. 나는 흐르는 눈물을 닦고 학교로 갔다.

　나는 피아노를 치기 위해 피아노실로 이동하고 있었다. 3교 시는 자유 음악시간이라고 김세연이 세계 최고의 피아니스트 가 되고 나서 생긴 시간이다. 김세연은 우리 학교 1회 졸업생으 로 '하늘의 여왕'이라는 별명을 가지고 있다. 하늘의 여왕으로 불리는 이유는 그가 쳤던 '하늘은 푸르고도 어둡다'라는 노래 로 유명해졌기 때문이다. 작곡가는 서정원. 내가 가장 좋아했 고 존경했던 우리 아빠이다. 나도 좋아하는 노래이다. 푸른 하 늘을 비유하는 듯한 감미로운 피아노 반주와 구슬피 우는 듯한 소리를 내는 바이올린 독주. 그 노래를 표현하자면 '청람하다' 라는 말이 맞는 것 같다. 이 노래도 나온 지 15년 전이니, 점점 사람들 기억 속에는 서정원의 '하늘은 푸르고도 어둡다'는 사라지고 김세연의 '하늘은 푸르고도 어둡다'가 되었다. '하늘은 푸르고도 어둡다'가 김세연 노래라고 생각하는 사람들도 적지 않다.

옛날 생각을 하다 음악관에 도착했다. 피아노실 층에 올라가는 중에 사람들이 포스터에 몰려있길래 나도 기웃기웃하면서 봤다. 크리스마스이브에 김세연이 우리 학교에 온다는 포스터였다. 포스터를 보니 어제 뉴스 내용이 생각났다. 김조한 피아니스트와 김세연 피아니스트가 결혼했다는 내용이었다. 둘은 고등학교 때 사귀기 시작해서 사귄지 15년이 되는 해에 결혼식을 올렸다고 했다. 영하 형이 이 뉴스를 보면 뭐라고 했을지 상상이 됐다. 그 둘이 행복하게 살게 해달라고 말했을 것이다. 피아노실에 거의 다 왔을 때 피아노실에서 노래가 들렸다. 한 번에 알 수 있는 노래였다. 우리 아버지의 노래다. 아버지께서 갑자기 돌아가시기 전에 나와 함께 친구분을 추모하기 위해 만든 노래, '비행운'이라는 노래이다. 이 노래는 마약과 약물에 손을 대다가 중독으로 죽은 천재 피아니스트이자 아버지의 마지막 친구였다. 이 노래를 많은 사람들이 연주했지만 아버지가 그를 그리워하는 마음을 담을 순 없었다. 최소 그 마음을 담기 위해서는 5년 이상은 연습을 해야 했다. 나는 노래에 이끌려 '비행운'을 치고 있는 사람의 피아노실에 가서 조심히 문을 열었다. 거기에는 교복을 입은 여학생이 있었다. 그녀는 긴 머리에 머리 끝부분이 갈색으로 염색되어있었다. 그녀는 내가 들어온 줄 모르고 노래에 취해 마지막을 향해갔다. 나는 그녀가 몇 학년이고 이 노래를 어떻게 알고 있는 건지 궁금해졌다. 아버지가 친구를 그리워하는 장면이 그려질 정도로 그녀의 연주는 노래 그 자체라고 할 정도였다. 노래가 끝나고 그녀가 나를 보고 잠시 놀란 표정을 짓다가 말했다.

"누구세요? 언제부터 들어와 있었나요?"

나는 그녀가 침착하게 말하는 모습에 약간 놀랐다. 나라면 모르는 사람이 피아노실에 들어와서 내 연주를 듣고 있었다면 크게 놀랐을 텐데 그녀가 하나도 놀라지 않은 점이 신기했다.

"아, 저는 2학년 서동진입니다. 아까 259마디부터 듣고 있었어요."

그녀는 내가 마디를 아는 것에 놀라는 표정을 지으면서 말했다.

"이 노래를 아세요?"

"네, 당연히 알죠. 제 아버지가 만든 노래인데 모를리가요."

"혹시, 그 서정원 피아니스트님의 아들이신가요?"

"어... 네, 맞아요."

그녀는 아까 전과 다르게 눈이 커지면서 이야기했다.

"서정원 피아니스트 님을 오래전부터 좋아했어요. 언제가는 만나 뵙고 싶었는데 돌아가셔서... 그래도 그 분의 아들분을 만나서 좋네요."

말을 끝나고 그녀는 살짝 웃으면서 말했다.

"1학년, 동예하에요. 앞으로 잘 지내요."

나는 이 노래를 17살이라는 나이에 칠 수 있다는 게 놀랐다. 놀란 표정을 가다듬고 말했다.

"좋아요. 앞으로 잘 지내봐요."

처음에는 어색했지만 점점 시간이 지나면서 마음을 터놓을 정도로 가까운 사이가 되었다. 그녀는 첫인상과 다르게 밝고 인기가 많았다. 그녀의 아버지도 작곡가라는 사실도 알았다. 그 말을 들었을 때 '어쩐지 노래를 잘 쓰더라'라는 생각이 들었다. 그녀와 지내면서 점점 예전에 힘없던 나는 사라지고 웃고 있는 나로 바뀌었다.

나도 3학년이 되었다. 나는 화령대학교에 진학하기 위해 노래를 만들어야 했고 피아노실에서 어떤 곡을 쓸지 고민하고 있었다. 그녀는 옆에서 구경을 하다가 말했다.

"노래 혼자 만들 거야?"

"음.... 아마도?"

"나랑 같이 만들래?"

예전부터 같이 노래를 만들고 싶었는데 그녀도 만들고 싶다고 하니 기분이 좋았다.

"나는..."

순간 입에서 피가 나왔다. 그녀는 놀라서 휴지를 꺼내 피가 나는 것을 막았다. 그녀가 걱정하는 말투로 말했다.

"괜찮아? 이번이 이제 다섯 번째야. 병원 가보자니까?"

"아니야 괜찮아. 많이 놀랐지? 미안."

병원에 가서 검사를 받았지만 병원에서도 크게 문제가 없는 것 같다고 말했다. 오래 전부터 이런 일이 있었기 때문에 병원에 가지 않았다. 딱히 피가 나오는 것 빼고는 별 문제가 없었기 때문이다.

시간이 흐를수록 내가 보는 곳에는 그녀가 없는 곳이 없었다. 그녀가 피아노를 칠 때에는 그 누구보다 아름다웠다. 아마 내가 그녀를 아니 내가 예하를 좋아하는 것 같다. 처음에는 나만 좋아하는 것 같아서 숨겼지만 예하의 행동도 나와 다르지 않았다. 노래가 거의 완성이 되었을 때 눈이 왔다. 나는 예하한테 말했다.

"다음 주가 크리스마스네. 너는 뭐할 거야."

"그러게 나도 딱히. 내 친구들은 다 남자친구들이랑 논다고 해서."

예하가 '왜'라는 표정을 지었다.

"그냥, 너랑 놀고 싶은데 약속이 있나 싶어서."

예하는 내 말을 듣고 웃으면서 말했다.

"그래, 놀자."

나는 그 어느 때보다 행복했다.

다음 날부터는 피가 나오는 횟수가 늘었다. 어제보다 2배 정도 피가 나왔다. 어머니는 걱정이 되어서 병원이 가자고 했지만 나는 괜찮다고 말했다. 학교 준비를 하고 집을 나가려는 순간 나는 정신을 잃었다. 눈을 떴을 때는 병원이었다. 옆에서는 어머니께서 울고 계셨다. 옆에 있던 의사가 이야기했다. 몸에 특이한 암이 있었는데 지난번에 병원에 왔을 때는 눈에 띄지 않게 작았던 암이 갑자기 커져서 이미 수술하기에는 힘들 정도가 되었다고 했다. 나는 시한부 판정을 받았다. 나는 절망에 빠졌다. 이제야 행복해지고 내가 좋아하는 사람이랑 지낼 수 있게 되었는데 2주라는 시간 밖에 남지 않았다. 약물 치료를 받으면 1주 정도 더 살 수 있다고 했다. 하지만 나는 어머니께 이야기했다. 나는 멍한 상태로 이게 사실이 아닐 거라는 생각만 했다. '이게 사실은 아니겠지. 사실이 아닐 거야. 나도 아버지처럼 죽는 거야? 아직 내가 보여줄 게 많은데. 아직 예하한테 좋아한다고 말을 못 했는데. 아직 영하 형의 꿈을 이루지 못했는데.'

"어머니... 죄송합니다... 죽기 전까지는 하고 싶은 것을 하다가 죽고 싶어요."

어머니는 알겠다고 하셨지만 표정 속에 슬픔이라는 단어가 지워지지 않으셨다. 다음날 어머니께서는 나에게 말씀해주셨다.

"너네 아빠도 너에게 이 사실을 숨겼었어."

"왜요?"

"당연히 너가 슬퍼하는 모습을 보기 싫어서이지."

"너네 아빠도 증상은 달랐지만 시한부 판정을 받고 한 말을 같았단다."

아버지는 돌아가시기 전까지 나와 노래를 만드셨다. 가장 친했던 친구를 위한 노래라고 밤을 새면서까지 만드셨지.

나는 예하에게 이 사실을 숨겼다. 예하가 슬퍼하는 모습을 보고 싶지 않았기 때문이다. 예하와 작곡을 이어갔다. 죽기 전에 곡을 꼭 완성하고 싶었기 때문이다. 예하는 피가 나오는 회수가 늘어난 것에 걱정하면서 좀 쉬자고 이야기했다. 나는 쉴 수 없었다. 쉬면 나는 이 곡을 완성하지 못할 것이고 쉬면 예하와 있을 시간이 없어진다. 나는 예하를 달래면서 말했다.

"괜찮아. 진짜 괜찮아."

예하는 내 말을 믿지 않았다.

"예하야, 혹시 크리스마스에 하고 싶은 거 있어?"

예하는 눈이 커지면서 말했다.

"케이크, 케이크 만들어 보고 싶어."

"그래?, 그럼 크리스마스에 케이크 만들어 볼래?"

예하는 좋아하면서 나를 향해 웃었다. 나는 종이를 봤다. 이제 마지막 페이지를 남겨두었다.

크리스마스 날 예하를 만났다. 예하는 한껏 꾸민 모습으로 나에게 어떠냐고 말했다. 나는 마음 속에 했던 말을 해버렸다.

"이뻐."

그녀는 잠시 놀라더니만 웃으면서 말했다.

"고마워."

예하와 나는 서로에게 줄 케이크를 만들고 편지를 썼다. 예하는 내가 만든 케이크 보며 놀라고 나는 예하가 만든 케이크를 보고 놀랐다. 예하가 내 편지를 읽어보라고 했다. 앞 내용은 건강과 피아노에 대한 내용이었다. 곧 마지막 문장에 다다랐다.

"좋아해."

나는 그 말을 다시 읽었다.

"좋아해?"

예하가 옆에서 웃더니 말했다.

"응, 좋아해. 처음에는 피아노 소리가 좋았는데 점점 시간이 지날수록 너가 피아노 치는 모습도 좋아졌어."

나는 울어버렸다. 예하의 진심이 느껴졌기 때문이다.

"나도... 좋아해."

예하와 나는 서로를 쳐다보며 웃었다.

서로가 만든 케이크 먹는 순간 내 입에서 피가 쏟아졌다. 피가 멈추지 않았다. 예하는 급하게 119에 전화를 했고 나는 예하 덕분에 첫 번째 죽음에서 살 수 있었다. 나는 예하에게 내가 아프다는 사실을 이야기했고 예하는 1시간 동안 울었다. 그 옆에서 나도 울었다. 나를 이렇게 좋아하는 예하를 두고 가야 한다는 생각 때문이었다. 우리 가문에서 피아노를 치면 시한부 판정을 받고 죽는 징크스가 있었던 것인지 억울하지만 할 수 있는 게 없었다. 나는 곡의 가사를 써내려 갔다. 나는 예하와 만든 노래를 완성하고 짧게 예하를 위한 노래를 써내려 갔다. 노래의 제목은 '나와 너의'라는 노래였지만 나는 노래를 완성할 수 없었다. 어머니는 예하의 전화번호를 몰라서 나의 죽음을 예하에게 바로 알릴 수 없었다. 예하를 만나게 되었을 때 어머니는 내가 쓰던 악보를 예하에게 주셨고 내가 죽기 전에 이야기 했던 말을 해주셨다.

"어머니 저는 지금까지 행복했습니다. 어머니도 이제 행복해지세요... 앞으로 어머니의 길을 사세요.... 아버지 때문에 약 없이는 잘 수 없던 밤을 이겨내세요... 어머니 예하라는 아이가 제 여자친구예요... 예하에게 이 악보 좀 전해주세...."

예하는 슬픔을 딛고 화령예고를 졸업했다. 졸업 후에는 화령대에 진학했다. 제2의 김세연이라는 별명이 붙었다. 그녀는 노력 끝에 세계 피아노 대회에 나갈 수 있는 자격을 얻었다.

2

예하는 이 시간을 7년 동안 기다렸다. 47번째 세계 피아노 대회에서 동진이와 함께 쓴 노래를 연주할 거다. 제목은 '하나도 후회되지 않습니다.' 이 노래는 살면서 힘든 일이 많았던 노인이 죽음이라는 시간이 다가오면서 지금까지 있던 일을 생각하면서 힘들었던 일보다는 행복했던 일이 더 많이 있었다는 것을 깨닫고 지난 일을 후회하지 않겠다고 말하고 눈을 감는 내용의 연주였다. 예하는 그 노래에 노인의 심정을 그대로 담으면서 모든 관객에 박수를 받았다. 연주가 끝났을 때는 예하도 눈물을 흘렸다. 6년 후, 예하는 은퇴를 선언했다. 전 재산 300억을 사회에 기부했다. 기부한 사람의 이름은 서동진으로 남겼다.

▽ 서영

이승엽

2047년 05월 02일

요즘 뉴스만 틀면 부정적인 이야기만 가득하다. 중국과 미국의 갈등은 최고조에 달했고, 전 세계가 약속한 2050 탄소 중립은 벌써 실패로 돌아갔다. 그리고 내가 살고 있는 이곳 대한민국은 기상이변으로 5월 초반인데도 제주도는 벌써 43도를 기록했다. 요즘 식량 가격도 치솟아서 일주일 내내 구황작물만 먹는 중이다. 구황작물 외에는 신선한 채소를 보기 힘들다. 이미 10년 전에 라면 가격이 폭등해서 기념일에나 먹을 수 있다. 그나마 생산량이 적어서 사기도 버거워졌다.

예전에 농부였던 엄마가 해준 말이 기억난다. '이제 너네 세대는 음식을 구하기 많이 힘들어질 거야. 지금부터라도 음식을 가꾸고 재배하는 방법을 배워놔야 해.' 그때는 이게 무슨 말도 안 되는 소리인가 싶었다. 그때는 공교육보다는 사교육에 의존하는 사람이 많았기에 나도 과학고를 다니며 공부에 치여 살았다. 전교생 383명 중에 나름 12등까지도 해봤으니 어느 정도 공부를 잘하는 편이었다. 하지만 엄마는 내가 공부를 열심히 하기를 반대했다. 엄마의 뒤를 따라 나중을 대비해 내가 농사를 했으면 바랐다. 막상 좋은 대학에 들어가고 나서 보니 앞으로는 뭘 해야할 지 미래가 막막했었다. 오직 좋은 대학만을 바라보고 살았으니 더 이상 이뤄야 할 목표가 사라진 것이다. 나는 그때의 내가 원망스럽다. 그때의 내가 엄마의 말을 따라서 농사를 했었다면 지금 이렇게 집에서 뒹굴거리고 있지는 않았을 것이다. 그래도 대학 다닐 때 다시 정신을 차리고 과외를 여러 군데 하면서 돈을 벌어놓은 게 있었던 터라 지금 겨우 생계를 유지하고 있다. 하지만 벌어놓은 돈도 거의 다 사용해서 다시 일을 구해야 할 처지가 되었다.

요즘 일자리도 많이 줄고, 회사도 서비스를 사용할 소비자가 줄어들자 파산될 위기라 직원을 거의 뽑지 않는다. 또한 인건

비도 많이 올라서 아르바이트생도 구하지 않는다. 그래도 오늘 다시 거리로 나서봤다. 곧 어린이날인데 옛날처럼 어린이날을 기념하는 행사는 찾아볼 수 없었다. 전국에 폭염경보가 내려진 가운데 나는 땀을 흘리며 거리를 헤집고 다녔다. 겨우겨우 아르바이트를 모집하는 곳 한 곳을 찾았다. 그곳은 요즘 가장 많이 볼 수 있는 '에어컨디셔너룸'이었다. 이곳은 이름 그대로 돈을 내고 에어컨을 쐬는 곳이다. 너무 날씨가 더워서 몇 년 전에 거리에 생겨난 곳이다. 이곳을 얼추 예전 코인노래방과 비슷하다. 방이 여러 개 있고, 방에 들어가서 돈을 주입하는 곳에 돈을 넣으면 돈을 넣은 만큼 에어컨 바람이 나온다. 에어컨 10분당 2만 원이다. 처음에는 더 비쌌는데 에어컨디셔너룸을 영업하는 사람들이 늘어나다 보니 점점 저렴해졌다.

　나와 같은 처지인 사람이 많은지 많은 사람들이 아르바이트 면접을 보러왔다. 심지어 아르바이트 면접을 보러 온 사람들로 에어컨디셔너룸이 꽉 찼다. 그래도 나는 돈이 매우 시급했기에 약 2시간을 기다렸다. 2시간을 기다리고 내가 면접을 볼 차례다. 먼저 이름과 나이를 말했다, 그러고선 예상했던 이런저런 질문에 답했다. 사장님과 내가 나눴던 말 중 이 질문이 제일 많이 기억난다.

- 요즘 양심이 없는 사람들이 많아요. 아르바이트를 한다면서 카운터에 있는 돈을 다 가져가서 도망가버리고, 아르바이트생으로 위장하고 에어컨디셔너룸이 기후를 더 망친다면서 에어컨을 다 망가트려 버리는 사람들이 있어요. 당신은 이런 사람에 속합니까?

- 아니요. 나는 지금 돈이 매우 시급한 상황입니다. 돈이 없어 밥도 제대로 먹지 못합니다.

- 지금 그런 상황인 사람이 한두 명이 아닙니다. 방금 나간 지원자는 밥을 며칠째 굶고 있답니다. 이렇게 당신보다 어려운 사람이 있는데 제가 당신을 뽑아야 하는 이유는 무엇일까요?

전혀 예상하지 못한 질문이었다. 당황하긴 했지만 그래도 나는 답했다.

- 저는 어릴 적 지금 이렇게까지 세상이 나빠지지 않도록 할 수도 있었습니다. 저는 그때를 많이 후회합니다. 그래도 나는 지금 이 상황에서 할 수 있는 최선을 다해보려고 합니다. 지금 저는 이 아르바이트를 해서 저의 생계를 유지하는 것이 저의 최선입니다.

그러자 사장은 무뚝뚝한 표정으로 고개를 끄덕이면서 이만 나가보라고 했다. 나는 간절한 마음에 90도 인사를 하고 가게를 나섰다.

나는 도시 한 곳에 있는 주택단지에 산다. 집으로 돌아오는 와중에 집 안 창가에서 무언가를 하고 있는 여자와 눈이 마주쳤다. 그녀는 화분에서 식물을 키우고 있었다. 그녀는 지금 이 도시에서 식물을 키울 수 있는 몇 없는 사람 중 하나인 것 같아서 더 눈에 갔다. 그래도 길거리에 더 있다가는 살이 구워져 버릴지도 모르겠어서 그녀의 집을 기억한 채로 서둘러 집으로 돌아왔다. 집으러 돌아와서는 샤워로 땀을 식혔다. 사용할 수 있는 물마저 부족해져서 하루에 딱 1번 샤워시간도 5분 밖에 되지 않는다. 그래도 나는 너무 더운 나머지 서둘러 샤워를 했다. 머리도 몸도 5분 안에 씻어야 해서 샤워시간만큼은 하루 중에 가장 바쁜 시간이다.

나는 서둘러 샤워를 마치고 아까 눈이 마주쳤던 그 여자를 생각했다. 그녀는 예전에 어떤 생활을 하였기에 이 더운 날씨에도 저렇게 식물을 잘 키울 수 있을지 나는 정말 궁금했다. 가서 물어볼지 생각해봤다. 하지만 물어봐도 그녀가 쉽게 대답해 주지는 않을 것이다. 처음 보는 사람인데다가 이 기후 위기가 심각해지는 상황에서 그녀만 알고 있는 식물 재배 비법을 그냥 알려줄 리는 없었다. 그래서 나는 그녀와 대화를 해보기로 결정했다. 얼추 나이는 나와 비슷해 보여서 어쩌면 이야기가 쉽게 통할지도 모르겠다는 생각을 했다. 이런저런 생각을 해보니 벌써 밤이 다가왔다. 이 지긋지긋한 감자는 언제까지 먹어야 하는 지 모르겠다. 감자를 먹는 와중에 문자가 하나 왔다. 바로 내가 어에컨디셔너룸의 아르바이트 자리에 합격했다는 문자였다. 너무 감격스러웠다. 내일부터 바로 일을 하러 나오라고 상세설명에 적혀있었다. 당분간은 돈 걱정은 없다. 나는 최대한 사장님의 스타일에 맞고 무엇을 해야 하는지 빨리 파악하여 이 어렵게 구한 아르바이트에서 최대한 돈을 끌어 모을 것이다.

2047년 05월 03일

오늘은 개운하게 일어났다. 최근 들어 가장 행복한 기분으로 일어난 것 같다. 뉴스를 보니 여전히 온 세상이 불타고 있다는 소식이었다. 요즘은 폭염 때문에 죽은 사람을 전염병으로 죽은 사람처럼 집계한다. 어제 인도에서는 폭염 때문에 하루에만 54만 명이 사망했다고 나왔다. 그렇다고 우리나라도 만만치 않다. 우리나라는 1만 3000명이 사망했다고 한다. 요즘은 여름이 아니라도 더운 날이 많아서 옷장에는 스타일을 꾸미는 옷보다 더

위를 피하는 옷이 대부분을 차지한다. 얇은 옷을 입고 집을 나섰다. 원래 같았으면 덥다고 더 빨리 갈 수 있는 좁은 길로 갔겠지만 어제 봤던 그 여자를 다시 한번 더 보려고 큰길로 갔다. 역시나 그녀는 식물을 기르고 있었다. 이번에도 눈이 마주쳤다. 그녀는 나를 보더니 눈을 피하고 식물을 가꿨다. 나도 빨리 아르바이트를 하러 가야 하기 때문에 서둘러 거리를 지났다. 짧은 시간이었지만 이틀 연속 눈이 마주쳐 그녀가 나를 기억할 수도 있다는 희망을 느껴 행복했다. 앞으로는 그녀의 집 앞으로 길을 다닐 거다.

그녀에 대한 많은 생각을 하며 길을 걷다 보니, 에어컨디셔너룸에 도착하였다. 어제 봤던 사장님의 무뚝뚝한 표정은 사라지지 않았고 오늘도 무뚝뚝한 표정으로 계셨다. 사장님은 나에게 차근차근 에어컨디셔너룸에 대해서 설명해주셨다. 사장님은 에어컨디셔너룸의 작동 방법, 에어컨디셔너룸의 구조 등을 설명해주셨다. 완벽히 이해하지는 못해서 3일간은 사장님이 옆에서 같이 도와주기로 했다. 사실 도와준다기보다는 사장님이 면접에서 질문한 '아르바이트를 한다면서 카운터에 있는 돈을 다 가져가서 도망을 가버리고, 아르바이트생으로 위장하고 에어컨디셔너룸이 기후를 더 망친다면서 에어컨을 다 망가트려

버리는 사람들'이지는 않을까 감시하려고 한 것 같다.

　사장님과 함께 일을 하다 보니 시간이 금방 흘러갔다. 일을 하다 보니 어색했던 일까지 완벽하게 익혔다. 무엇보다 사장님이 가끔씩 에어컨디셔너룸에서 무료로 에어컨을 씌게 해줘서 이 일을 하기를 잘했다고 생각이 들 때가 많아졌다. 일에 보람을 느끼고 있는 그 순간 눈에 익숙한 사람이 들어왔다. 곰곰이 생각해보니 길에서 마주친 식물을 키우고 있었던 그녀였다. 나는 순간 당황했다. 내가 당황한 기색을 보이자 그녀도 당황한 듯 보였다. 그녀는 나를 알아보지 못하는 것 같다. 그녀가 나에게 물었다.

　- 안녕하세요! 제가 여기 처음 와서 그러는데 어떻게 해야 할지 알려주실 수 있으신가요?

　생각해보니 이상하다. 요즘은 남녀노소를 불문하고 에어컨디셔너룸을 사용한다. 그래서 에어컨디셔너룸을 안 사용해본 사람을 찾기가 힘들 정도로 에어컨디셔너룸은 요즘 시대의 필수이자 트렌드다. 나는 신기하다는 눈빛으로 그녀를 바라보았다.

　- 알겠습니다. 지금은 모든 방에 사람이 있으니 조금만 기다려주세요.

　- 아, 넵. 몇 분 정도 기다리면 될까요?

- 스크린 보니까 5분 정도만 기다리시면 될 거 같아요.

- 넵! 저기 앉아서 기다리면 될까요?

- 혹시 저희 서비스 회원가입은 하셨나요?

- 아, 회원가입을 해야 사용할 수 있는 건가요?

- 네, 저희 서비스는 회원가입을 해야 사용하실 수 있으세요. 혹시 가입이 안 되어있으시면 제가 도와드려도 될까요?

- 아, 그러면 감사하죠!!

회원가입은 이름이랑 생년월일, 이메일을 입력하고 생채인식을 등록하면 끝이 난다. 그래서 충분히 혼자 할 수 있지만, 이렇게 이야기를 끝내기는 아쉬웠다. 그래서 일부러 대화를 더 이끌어 나가려고 회원가입 이야기를 꺼냈다.

- 혹시 성함이랑 생년월일 알려주실 수 있으신가요?

- 네, 저는 박서영이고 20210504입니다!

- 네, 그리고 여기에 이메일을 작성해주세요! 그리고 여기 카메라에 얼굴 대주시면 될 것 같아요.

그녀는 이메일이 바로 기억이 안 났는지 한참을 곰곰이 생각하더니 이메일을 작성하였다. 그리고 그녀는 카메라에 얼굴을 대고 생채인식을 등록했다.

- 네 회원가입 완료되었습니다.

마침 한 손님이 에어컨디셔너룸에서 나왔다.

- 한번 공기를 순환시켜야 해서 2분 뒤에 들어가시면 될 거 같아요. 들어가셔서 스크린 보시면 로그인 창이 떠있을 거에요. 거기에 이름이랑 생년월일 8자리, 이메일 입력하시고, 스크린 위 보시면 카메라가 있을 거예요. 거기에 얼굴 대시면 로그인이 될 거에요. 그리고 에어컨 쐬실 만큼 돈 넣으시면 작동할 거예요.

2분 뒤 그녀가 들어갔다. 그리고 나는 그녀의 이름과 여러 가지 정보를 알아냈다는 사실에 뭔가 모를 뿌듯함을 느꼈다. 스크린을 보니 그녀는 15분을 작동시켰다. 보통 30분 이상을 작동시키는데 그녀는 분명 이곳을 처음 오는 게 분명해 보였다. 그녀는 15분의 에어컨을 쐬고 나왔다. 그녀는 무언가 기분이 좋아 보이는 표정을 지었다. 그녀가 나오고 나니 벌써 해가 지고 있었다. 시간을 보니 벌써 5시 51분이었다. 내가 일을 끝내는 시간은 6시다. 마침 다음 저녁 시간 알바생이 에어컨디셔너룸으로 출근했다. 그래서 나는 슬슬 일을 정리하고 집으로 걸어갔다. 이번에도 그녀가 보이는 길로 걸어갈 것이다. 이번에도 역시나 그녀와 눈을 마주쳤다. 이번에 그녀는 눈을 피하지 않고 반가운 표정을 보였다. 그 표정에는 아까 에어컨디셔너룸에서의 반가움도 보였지만 매번 길에서 나를 마주 쳤었던 걸 기억하는 듯 보였다. 나는 얼떨결에 그녀에게 손 인사를 건넸다. 그녀도 나에게 눈웃음을 지으며 손 인사를 해주었다.

집으로 도착한 나는 한동안 멍해 있었다. 이 감정에는 그녀의 식물 재배 능력을 나도 배울 수 있다는 기대감도 있었지만, 분명 다른 감정 하나가 숨어 있었다. 나는 겨우 정신을 차리고 샤워를 하러 들어갔다. 역시나 5분밖에 되지 않는 샤워시간이었지만, 나는 샤워를 하는 도중에도 마음이 이리저리 널뛰어서 제대로 씻지를 못했다. 그래도 나는 내일도 에어컨디셔너룸에 출근해야 된다는 생각에 빠르게 잠에 들었다.

2047년 05월 04일

어제 일어난 일과 기대감 때문인지 오늘은 일찍 눈이 떠졌다. 일찍 일어났지만 난 더 자지 않고 어느 때와 같이 스크린으로 뉴스를 시청했다. 뉴스를 틀자 궁금증을 불러 일으킬 만한 뉴스가 나왔다. 바로 대한민국에서 새로운 전염병이 발생했다는 뉴스였다. 로봇으로 대체된 아나운서가 하는 얘기에 따르면 새롭게 발생한 이 전염병은 전염률이 그렇게 높지는 않지만, 치명률이 강하다고 한다. 나는 치명률이 강하다고 하지만 전염률이 높다고 하지 않아서 그닥 신경 쓰이지 않았다. 나는 어렸을 때 코로나를 이미 겪었고, 그때 전염병에 대한 두려움이 다 사라졌기 때문이다. 그리고 스크린을 끄고 온갖 생각을 했다. 오늘도 그녀, 박서영이 에어컨디셔너룸을 들르면 어쩔까 생각도 해보고, 만나면 어떻게 말을 걸어야 할까 머릿속으로 수많은 시뮬레이션을 돌렸다. 또 이렇게 많은 생각을 하다 보니, 시간이 금방 흘러 에어컨디셔너룸으로 출근을 해야 하는 시간이 됐다. 나는 서둘러 집을 나섰고 오늘도 그녀가 사는 집 앞길로 걸어갔다. 오늘은 그녀가 보이지 않았다. 커튼도 쳐 있는 걸 보니 외출을 한 듯 싶었다. 나는 실망감을 감추지 못하고 에어컨디셔너룸으로 향했다.

에어컨디셔너룸에 도착해보니 벌써 많은 사람들이 사용하고 있었다. 에어컨디셔너룸이 24시간 영업을 하다 보니 시간별 여러 아르바이트 직원이 필요하다. 하지만 우리 에어컨디셔너룸은 내가 일하는 시간을 제외하고 또 다른 아르바이트 직원이 있다. 그리고 남은 시간은 사장님이 맡아 일을 하신다. 사장님은 아마 도망가버리거나 이곳을 파괴할 사람들이 채용될까 봐 걱정하는 것 같았다. 내가 에어컨디셔너룸에 도착하자 사장님은 많이 힘들었는지 그동안 보지 못한 웃음을 보이며 나에게 맡기고 에어컨디셔너룸을 빠져나갔다. 스크린에 떠 있는 사용 명단을 보니 오늘따라 사람이 더 많은 것 같다. 알고 보니 어제 보다 기온이 무려 5도 가량 높았다. 그래서 이 아침부터 사람이 많은 것 같다. 나는 서둘러 카운터를 정리하고 일을 시작했다. 사실 내 일은 별거 없어 보이지만 손님이 많아서 매우 바쁘다. 에어컨디셔너룸을 사용하려고 사람들이 길게 늘어선 줄을 정리하고, 한 손님이 나가면 그 방을 정리하고, 다른 손님이 들어갈 수 있도록 안내한다. 이렇게 일을 하다보면 요령이 금방 늘 것 같지만, 이러다가는 내가 쓰러질 것 같았다.

그 순간 에어컨디셔너룸으로 그녀가 들어왔다. 그녀를 본 순간 내 심장은 미친 듯이 뛰기 시작했다. 머리는 금세 하얘졌고, 몸은 커다란 암석처럼 굳어버렸다. 그와 반대로 그녀는 내가 반가운지 허리 인사를 하며 당당한 걸음으로 에어컨디셔너룸으로 들어왔다. 그녀가 내게 인사를 건네는 순간 나는 뭐라고 했는지 기억조차 나지 않는다. 그나마 그녀가 오랜 줄을 기다리고 에어컨디셔너룸으로 들어간 것은 기억이 났다. 그녀는 이제 익숙하게 에어컨디셔너룸을 사용할 수 있었다. 그녀는 처음 왔을 때와는 다르게 30분이라는 긴 시간 동안 머물렀다. 그녀는 에어컨디셔너룸에서 만족하는 표정으로 나에게 인사를 하고는 에어컨디셔너룸을 빠져나갔다. 나는 오묘한 기분이 들었다. 좀 핑계를 대서 잡아놓고 이야기를 할 걸이라는 생각이 머릿속을 가득 채웠다.

그 순간 마스크를 착용한 한 할아버지가 에어컨디셔너룸으로 들어왔다. 나는 불안한 생각이 들었지만, 그를 다른 손님들처럼 친절하고 차분하게 대했다.

- 어서오세요! 에어컨디셔너룸 사용해보셨나요?

하지만 그는 아무 대답을 하지 않았다.

- 할아버지! 에어컨디셔너룸 사용해보셨어요?

이번에도 그는 아무 대답을 하지 않았다.

- 할아버지! 안 들리세요?

나는 어떻게 해야 하나 고민이 되었다. 그 순간 그는 입을 뗐다.

- 곧 전염병으로 인해 많은 사람들이 죽을 거요. 대비를 해두는 게 좋을 것 같소. 믿거나 안 믿는 건 오로지 당신의 선택에 달렸소.

- 네?

순간 뭔 이런 할아버지가 다 있는지 어이가 없었다. 그냥 그 할아버지를 어서 여기서 내보내야 겠다는 생각 뿐이었다.

- 할아버지. 잘못 찾아오신 거 같아요. 혹시 어디로 가시는 중이셨나요?

- 나는 당신한테만 말했소. 어서 대비를 하는 게 좋을 거요.

다시 한번 말하지만 믿는 건 당신에게 달렸소.

　나는 그 할아버지의 간절해 보이는 말에 약간의 신뢰가 갔지만, 다른 손님들도 많이 있어서 다른 손님들한테 피해가 갈까 싶어 어서 할아버지를 내보냈다.

　- 할아버지 잘못 찾아오신 거 같아요. 어서 여기서 나가주세요.

　- 알겠소.

　아르바이트를 끝낼 때쯤 나는 슬슬 내 짐을 정리하고 에어컨 디셔너룸을 나갈 준비를 했다. 다른 아르바이트생이 에어컨디셔너룸을 들어오고 나는 인사를 나누고 에어컨디셔너룸에서 나가 집으로 향했다. 집은 당연히 그녀의 집이 보이는 길로 갔다. 많이 덥고 힘들었지만, 이것이 이 오묘한 감정을 해소하고 확실하게 만들 수 있는 하나의 방법이었다. 나는 그녀의 집이 보이는 길을 향했고, 왜인지는 모르겠지만 그녀는 보이지 않았다. 나는 아쉬움 마음을 감추고 집으로 빠른 걸음을 내딛었다.

2047년 05월 05일

　오늘은 어린이날이다. 예전의 어린이날 모습은 온 데 간 데 보기 힘들다. 대형마트에서 하던 장난감 세일 행사, 어린이들을 위한 각종 행사들은 더 이상 보기 어렵다. 몇십 년 전부터 대한민국은 저출생, 고령화 시대에 들어갔다. 대한민국을 시작으로 주변 국가인 일본과 중국도 저출생 국가가 되었다. 인도는 중국의 인구를 추월한 지 오래고, 출생율이 높이 평가되던 아프리카, 남아메리카, 오세아니아 국가마저도 저출생에 진입하고 있다. 복지가 강한 북유럽과 우리나라의 기대수명은 110살을 넘어섰고, 부양비도 증가하여 출생율은 여전히 극한으로 하락하고 있다.

오늘은 아르바이트를 가지 않는다. 보통 평범한 사람이라면 밖이 너무 더워서 나가지는 않겠지만, 나는 그녀를 조금이라도 봤으면 하는 마음에 집을 나섰다. 그녀의 집 앞에 도착하기 전까지 어제 어떤 할아버지가 했던 말이 생각났다.

- 그래도 뭐... 조금은 준비해둬도 나쁠 거 없으니까..

나는 그녀를 보고, 마트를 가기로 결정했다. 어떤 걸 사야 하는지 생각하다 보니, 금세 그녀의 집 앞에 도착했다. 다행히도 그녀는 집 밖 마당에서 무언가를 하고 있었다. 역시나 내 심장은 평소보다 빠르게 뛰었다. 말을 걸어볼까 생각을 해보려던 찰나에, 그녀가 나를 발견했다. 내가 인사를 하니까 나를 알아봤다.

- 아, 안녕하세요!

- 그 에어컨디셔너룸..?

- 네 맞아요!

- 안녕하세요!! 매일 여기 지나가시는 거 봤어요! 근데 어쩐 일이세요?

- 잠깐 마트에 갈 일이 생겨서 가려는 도중 뭐하시나 궁금해서 한 번 봤어요! 혹시 뭐하고 계신 건가요?

그녀는 망설이더니 답을 했다.

- 아.. 그.. 식물 키우려고 흙 좀 가져가고 있었어요!

- 아 그러시군요..! 식물 키울 줄 아시나 봐요! 햇빛이 너무 강한 탓인지 저는 잘 안 자라던데...

- 네.. 뭐.

그녀의 표정에는 알려주기 싫다는 표정이 가득했다. 요즘 도시에서 식물 키울 수 있는 사람은 거의 없다. 오랫동안 농사일을 천하게 생각했던 사회 때문이다. 아마 그녀의 조상들은 그런 차별을 견디며 농업 기술을 지켰고 그녀에게 전수했을 것이다. 그런 상황을 고려한다면 그녀가 그런 표정을 짓는 건 당연한 일이었다. 그래도 나는 대화를 좀 더 하고 싶고, 그녀의 기술에 경외심도 느끼고 있어서 어떻게 식물을 키울 수 있는지 물어봤다.

- 신가하네요! 이런 기술이 아직 이어지고 있다는 게 참 신기하고 고맙고 그래요. 예전에 제 어머니께서도 농사를 지으셨었거든요. 저보고도 농사를 배워 두라고 하셨었는데. 그때 그 말씀을 잘 들었어야 하는데. 혹시 어떻게 식물을 잘 키워내시는지 알려주실 수 있나요?

- 아, 그게...

그녀는 또 잠시 망설이더니 나에게 대답을 해주었다.

- 이거 다른 사람한테 말하면 안 돼요! 당신한테만 처음 말하는 거예요! 혹시 전화번호가 어떻게 되세요? 앞으로 친구 사이로 지내면 좋을 거 같은데.

- 제 전화번호는...

얼떨결에 내 전화번호를 알려주고 나도 그녀의 전화번호를 알게 되었다. 겉으로는 무덤덤한 표정을 냈지만, 속에서 피어나는 이 감정은 금방이라도 터질 것 같았다.

- 그럼 저 이만 가볼게요. 연락하겠습니다.

원래 그녀를 보고 마트에 가서 여러 가지 물품을 살 계획이었지만, 이 폭발하는 감정에 사로잡혀 까먹고 말았다. 나는 그대로 내가 왜 나왔지를 생각하며 바로 집으로 왔다. 집으로 와서야 생각났다. 내가 뭘 할려고 했는지. 하지만 나는 마트에 갈 계획은 내일로 미루고 그녀에게 연락을 하려고 했다. 하지만 그녀에게 먼저 연락이 와 있었다.

- 안녕하세요! 아까 만났던 사람이에요.

- 아, 네. 안녕하세요!! 원래 마트에 가려고 했는데 까먹고 안 갔네요. ㅋㅋㅋ

- 아, 어쩐지 오시던 길 되돌아 가시길래 뭔가 했어요! 혹시 내일 시간 되시면 같이 마트 가실래요?

오늘 마트를 가지 않은 게 그녀를 더 알아갈 수 있도록 만들어줬다.

- 아, 네. 좋아요! 내일도 알바를 안 가니까 같이 가요!

- 그럼 내일 오후 4시에 가는 거 어때요?

- 좋아요! 제가 그쯤 집 앞으로 갈게요!

이렇게 그녀와 나는 내일 마트에 같이 가기로 약속했다. 그 이후로 나는 행복 회로를 가동하며 온갖 계획을 세웠다.

- 내일 마트에서 살 거 사고 다음에는...

2047년 05월 06일

어제 오늘 기대되는 마음 때문인지 늦게 자서 그런가 오늘 늦게 일어나버렸다. 일어나자마자 나는 평소에 하지도 않던 피부관리를 하기 시작했다. 오늘 한다고 뭐가 달라질지는 모르겠지만, 일단 하고 본다. 피부관리를 하면서 어제 생각해놨던 계획을 다시 생각해 봤다. 그녀와 함께 이 계획들을 함께 할 생각을 하니 저절로 웃음이 나왔다. 아직 4시가 되려면 시간이 많이 남았지만, 벌써 나는 설레발 치고 있었다. 그녀는 지금 뭘 하고 있을까, 그녀도 지금 나처럼 설레발 치고 있을까. 많은 생각을 했다.

마침 그녀와 마트에 갈 시간이 거의 다 되었다. 나는 마지막으로 준비를 하고 집을 나섰다. 햇빛은 여전히 뜨거웠고, 뜨거워진 도로를 나는 건너갔다. 매일 겪고, 매일 가는 길이지만, 이 뜨거운 햇빛은 오늘따라 나에게 용기를 주는 것 같았다. 그녀의 집에 거의 도착했다.

  - 이건 데이트가 아니야. 그냥 같이 마트를 가는 것일 뿐.

그녀의 집 앞에 도착하자 그녀도 마침 집에서 나왔다. 가지런히 정리된 나의 복장과는 다르게 그녀는 여유롭고 자유로워 보이는 복장을 입고 나왔다. 처음에는 생각한 모습과 달라서 당황했지만, 오히려 그녀가 나를 편하게 생각하는 것 같아서 그녀에게 마음이 갔다.

  - 안녕하세요!

내가 먼저 인사를 건네자 그녀도 바로 나에게 인사를 건넸다.

- 안녕하세요! 지금 바로 갈까요?

- 네, 그래요!

- 혹시 마트는 뭐 사러 가시는 거에요?

- 아, 저는 그냥 여러 가지 식료품이랑 도구들 좀 사려고요.

그 이후로 우리는 한동안 말없이 마트로 향해 걷기만 했다. 이상하게 아까는 나에게 자신감을 주던 햇빛이, 지금은 부담감을 주는 존재가 되어 버렸다. 마트에 도착하자 로봇이 우리를 스캔하였다. 아마, 얼마 전에 나오는 전염병 때문인 것 같다. 로봇이 우리를 스캔하고 문제가 없어야 마트에 들어갈 수 있다. 그녀와 나 둘다 모두 '통과'라고 떠서 마트 안으로 들어갔다. 마트는 예전과는 다른 모습이었다. 예전에는 사람이 직접 살 것을 바구니에 담고 계산대에서 직원이 계산을 해주거나, 자기가 직접 계산하는 형태였다면, 지금은 스크린으로 사고 싶은 물품을 입력하거나 터치하면 로봇이 알아서 가져다준다. 그리고 가져다준 물품만큼 로봇은 물품의 가격을 알아서 계산해준다. 예전에는 집에서 시키면 집 앞까지 배달도 해줬지만, 실업자가 늘어 물건을 살 수 없는 지경이 된 사람들이 강탈해가는 사건이 자주 발생해, 이제 배달은 하지 않는다.

나는 마트에 왔다. 이제는 알바를 하고 돈을 벌어서 마트에서 물건 정도는 살 수 있다. 나는 혹시 모를 상황에 필요한 각종 간편식품이랑 고열량식품, 각종 도구들을 담았다. 그녀는 역시나 식물과 관련된 용품들이랑 자신이 먹을 간식거리 정도를 담았다. 모든 물품 선택이 끝나고 로봇은 용품들의 총 가격을 알려주고, 휴대폰 화면을 로봇 상단에 대라고 했다. 총 가격은 예상한 대로 충격적이었다. 그래도 모두 나를 위한거니 망설이다 결제를 했다. 그녀도 결제가 끝난 듯 보여 말을 걸었다.

  - 이제 어디 갈까요?

  나는 그녀의 대답을 기다렸다. 그녀는 어리둥절하다는 표정으로 나에게 물었다.

  - 아 저희 어디 가나요...? 저는 마트만 갔다가 바로 집으로 가는 줄 알았어요.

  세상이 무너졌다. 그녀가 그런 말을 하는 순간 내 계획은 우주 저 멀리, 태양계에서 명왕성에 이어 퇴출된 해왕성으로 날아가 버렸다. 나는 당황하지 않은 척 말을 꺼냈다.

  - 아, 그럼. 그냥 바로 집으로 갈까요?

  - 네!

  그녀의 당돌한 대답에 나는 어쩔 수 없이 마트에서 집으로 되돌아가고 있었다. 그래도 집으로 가는 길, 이 순간만이라도 대화를 나누고 싶어서 그녀에게 온갖 질문을 했다.

  - 저 혹시... 나이가 어떻게 되시나요?

- 아, 저는 27살이에요.

생각해보니 나보다 나이가 많다.

- 그쪽은 나이가 어떻게 되세요?

- 아 저는 26살입니다...! 생각해보니 제 이름을 안 알려드렸네요! 제 이름은 이윤형입니다.

- 오! 저보다 어리시네요? 근데 제 이름은 아세요?

- 박서영 씨 아니신가요?

- 어떻게 아시는 거죠..?

- 저번에 그 에어컨디셔너룸 회원가입할 때...

- 그러면 제 나이도 아셨던 거 아니에요...?

순간 뜨거웠던 공기가 갑자기 차가워졌다. 그렇다. 나는 내가 알고 있는데도 질문을 했다는 사실을 들켜버렸다. 들켜서 부끄러운 나머지 나는 그 뒤로 아무 말도 하지 않고 걸었다. 침묵을 유지하고 걷다 보니 그녀의 집 앞에 다 왔다. 그녀가 말을 꺼냈다.

- 다 왔네요...! 여기서 더 가셔야 하죠? 조심히 들어가세요!

- 네! 연락할게요!

나는 아쉬움을 감추지 못한 채 햇빛이 뜨거워서 모든 계획이 망가졌다는 말도 안 되는 핑계를 대며 집으로 돌아왔다. 그래도 그녀는 내가 알면서도 질문했다는 사실을 이상하게 보지 않는 것 같다.

2047년 05월 07일

아침 일찍 일어나, 나는 조심스럽게 그녀에게 다시 연락을 했다.

- 안녕하세요. 어제 마트 같이 간 거 즐거웠어요!

- 네 안녕하세요! 저도 어제 즐거웠습니다.

- 혹시 오늘은 뭐하세요?

- 오늘도 역시나 어제 산 것들로 식물을 가꿀 예정입니다.

그녀는 다행히 나를 멀리하거나 무시하지 않았다. 나는 빠르게 준비를 마치고 에어컨디셔너룸으로 갔다. 그녀의 집에 가까워질수록 마음이 설레었다. 그녀의 집 앞에 가자, 그녀는 나를 보고서는 집밖으로 나왔다. 내 심장도 몸 밖으로 나올 것처럼 뛰었다.

- 오늘은 에어컨디셔너룸 아르바이트 가시는 거에요?

- 네! 오늘도 에어컨디셔너룸에 오실 건가요?

- 아뇨, 오늘은 가꿔야 할 식물들이 많아서 집에서 나오지는 않을 것 같아요!

에어컨디셔너룸에 안 온다니까 아쉽기도 했지만, 빨리 아르바이트를 하러 가야 해서 이야기를 끝냈다.

- 아, 아쉽네요.. 그럼 저 이만 아르바이트 하러 가볼게요!

- 네! 혹시 오늘도 집에 가실 때 이 길로 가시나요?

- 네, 항상 이 길로 갑니다.

- 그럼 오실 때 쯤 제가 또 나올게요.

오늘은 아르바이트 종료시간만을 기다릴 것 같다. 하지만 오늘따라 손님이 적었다. 새로운 전염병이 나오고 나서는 길거리의 사람들이 줄었다. 어제 마트에서도 사람들이 평소보다는 적었고, 여기 에어컨디셔너룸도 손님이 줄었다.

그래서 그런지 시간도 더 느리게 가는 것 같았다.

마침내 다음 아르바이트생과 교대할 시간이 되었고 나는 서둘러 그녀가 있는 집으로 향했다. 그녀는 역시 나와 있었다.

- 나와있으셨네요! 얼마나 기다리셨어요?

- 저도 방금 나왔어요! 오늘은 평소보다 더 일찍 오셨네요!

- 네, 기다리실까 봐 최대한 빨리 왔습니다.

그녀도 나의 마음을 눈치챈 것일까 아니면 내 기분이고 착각일까 그녀는 평소보다 나에게 더 친절하고 다정하게 대했다. 나는 그녀와의 시간을 여기서 끝내고 싶지는 않았다.

- 혹시 저희 집 오실래요? 뭐 딱히 할 거는 없지만 같이 이야기 하면서 놀면 재밌을 거 같아서요!

- 지금요?

- 네, 혹시 가꿔야 할 식물들이 더 남았나요?

- 아니요! 너무 좋죠. 오늘 하루종일 허리 굽히고 일하느라 너무 힘들었거든요. 저희 집에서 먹을 것 좀 가져갈까요?

- 네.. 생각해보니 저희 집에 먹을 게 없네요.

그녀는 내 말을 듣자마자 직접 기른 채소와 과일 등의 음식을 냉장고에서 꺼내 나왔다. 신선한 먹거리를 선뜻 나누는 그녀의 마음이 정말 고마웠다.

- 그럼 갈까요?

- 네!

곧 집에 도착했다. 그녀는 왜인지는 모르겠지만 놀란 눈치였다. 얼마 전부터 그녀를 우리 집으로 초청하려고 매일 청소하고 집을 깨끗한 상태로 유지했다.

- 집에 되게 깨끗하시네요. 깔끔하신 분인가 봐요!

- 에이 과찬이십니다.

그녀와 나는 우리 집 탁자에 앉아서 가져온 음식들을 하나둘씩 꺼내놨다. 그녀와 나는 이런저런 이야기를 나눴다. 어느새 우리는 서로에게 편히 말했고, 우리 둘은 흥이 올랐다. 타이밍을 맞추어 그녀에게 나의 마음을 전했다.

- 누나를 보면 마음이 참 이상해져요. 땀 흘리며 뭔가를 가

꾸는 것도 수확물을 나누는 마음도 참 예뻐요. 누나가 계속 궁금해져요.

그녀는 놀란 표정을 하고 몇 초간 정적이 있었다. 그녀가 말을 꺼냈다.

- 우리가 만난 지는 얼마 안 됐지만, 너가 좋은 사람이라는 거는 확실히 알게 된 거 같아. 농사 짓는 일에도 관심 있는 것도 비슷하고. 가꾸는 일에 진심인 사람은 믿을 만하니까. 나도 네가 조금 궁금해졌어.

그녀와 나의 이야기는 이제부터가 시작이다. 재난 시대에도 사랑 이야기는 있다. 그리고 그녀와 나는 어떻게든 행복하게 지내고 말 것이다. 참, 그녀의 텃밭은 늘 먹을 만한 게 자라고 있다. 우리의 사랑도 그 모양을 닮아 어떻게든 생명력을 잃지 않을 것이다.

우리의 이야기가 언젠가는 여러분께 전달될 수 있기를

2장

우정의 깊이

손예은, 지금의 나를 만들어준

김도진, 살아남았다

김온유, 코코

조용국, 폴짝이

▽ 지금의 나를
만들어준

손예은

프롤로그

여러분은 사랑을 해보셨나요? 혹은 사람에게 있어 중요한 감정 중 하나인 우정이라는 감정을 느껴보신 적 있으신가요? 대부분의 사람들은 삶을 살아가면서 이 두 감정을 한 번씩 혹은 여러 번 느껴보셨을 겁니다. 만약 안 느껴봤다고 하시는 분들은 한 번 생각해 보세요. 나도 모르게 사랑과 우정이란 감정을 느껴보셨을 수도 있고 아니면 지금 현재 느끼고 있을 수도 있어요. 아니면 누군가 당신을 사랑하고 있을 수도 있고요. 저는 이 글을 통해 저의 풋풋했던 사랑과 우정 이야기에 대해 글을 써보려고 합니다. 제 글을 읽으면서 여러분들의 우정 그리고 풋풋했던 사랑 이야기를 꺼내보고 그 추억들을 다시 회상해 보는 시간을 가져보는 건 어떤가요? 그 기억을 들여다보면 많은 감정들을 느껴보실 수 있으실 거예요. 그리움, 행복함, 후회, 즐거움 등 이 글에 다 담지 못할 만큼 많은 감정들이 오고 갈 것 같네요. 저 또한 이 글을 쓰기 위해 과거의 일들을 돌아보며 다양한 감정들을 느꼈습니다. 여러분도 제 글을 읽으며 과거에 겪었던, 그리고 여러분들이 겪어보게 될 감정을 떠올릴 수 있길 바랍니다.

우정

K와의 이야기

"야, 손예은 뭐 하냐?"

친근한 말투로 나에게 뭐 하냐고 물어보는 K.

K는 정말 어릴 때부터 친구였다. 내 친구 중 가장 친하다고 말할 수 있을 정도? 친구는 몇 명 없지만 K와는 거의 태어날 때부터 알고 지냈다. 엄마 말로는 K가 태어나고 10일 뒤에 내가 K를 보러 갔다는 이야기가 있다. 우린 생일 차이가 좀 난다. 거의 9개월 차이라 내가 말을 할 때 K는 아직 말을 하지 못하는 갓난 아이였다. 그때의 에피소드가 하나 있는데 K가 침대에 누워있을 때 쪼르르 달려가서 내가 K를 빤히 쳐다봤다고 한다. 뭐 어쨌든, 나는 16년 인생을 K와 친구로 지냈다. 그만큼 K에 대해 잘 알기도 한다.

K의 MBTI는 ENTP이다. 짙은 검정 단발머리에 키는 154cm 정도 된다. 피부는 까무잡잡하며 조금 통통하다. 눈이 조금 날카롭고 눈꼬리가 올라가 있어서 겉으론 약간 무서워 보일 수도

있다. 하지만 은근 주변 사람들을 잘 챙겨주고 똑 부러진다. 가끔 귀여운 면도 있다. 때론 재치 있는 말로 나를 웃겨주기도 한다. 그 툭툭 던지는 한 마디가 너무 웃기다. 가끔은 너무 웃겨서 둘 다 숨 넘어가기 직전까지 웃었던 적도 있다. K는 정말 다재다능하다. 피아노도 잘 치고 그림을 정말 잘 그린다. K가 그리는 그림은 K만의 느낌이 있기 때문에 나는 K의 그림을 좋아한다. 이유는 뭔가 그 그림의 분위기가 마음에 든다고 해야 되나? 근데 K는 체육을 못한다. 체력도 별로 좋지 않고 운동신경도 없고, 물론 나도 운동을 잘 못하고 안 한다. 나는 땀 흘리는 정말 싫다. 이유는 끈적해지니까. 운동 못 해도 세상엔 할 게 많으니까 아직까지는 굳이 운동을 할 필요를 못 느낀다. 그리고 K는 말을 조금 상처받게 한다. 그래서 마음이 여린 사람이 K에게 충고를 듣는다면 좀 상처받을 것 같다. 나도 가끔 K에게 상처를 받을 때도 있다.

　나는 항상 모든 것을 K와 같이 했다. 부모님들끼리도 서로 아는 사이고 같은 동네에 서로의 집에서 집까지 가는데 걸리는 시간은 걸어서 한 1~2분? 정도 밖에 안 걸린다. 그래서 K와 나는 어렸을 때부터 계속 붙어 다니게 됐다. 어린이집, 초등학교도 같이 나왔고 지금 중학교도 같이 다니고 있다. 그리고 지금은 학원을 다니지 않지만 초등학교 4학년부터 중학교 2학년 초 거의 3년 반? 정도 K와 같이 학원을 다녔다. 학원은 집에서 버스 타고 한 25분 정도 걸린다. 어린 나이에 낯선 곳에서 학원을 다녀서 서로에게 의지를 많이 했다. 그리고 그땐 학원 다닌 지 얼마 안 돼서 학원도 안 빠지고 성실하게 다녔다. 하지만 성실하게 다니던 것도 1년? 학원을 1년 좀 넘게 다니니까 뭔가 반항심도 생기고 학원을 다니기 싫어졌다. 그 당시 나와 K는 월요일에 방과 후를 해서 조금 늦게 끝나 버스를 늦게 탔다. 어느 한 날은 학원에 가기 싫어서 K와 생각한 게 방과 후가 늦게 끝나 버스를 놓친 척하자! 일부러 버스를 놓치자!라고 생각을 했다. 그렇게 버스를 보낸 우리는 원장 선생님께 전화를 해 슬픈 목소리로 말 했다.

"선생님 버스를 놓쳤어요."

"아 그래? 그럼 오늘은 학원 오지 말고 내일 와~"

"(조금 기죽은 목소리로) 네…"

"내일 봐~"

그렇게 우리는 학원 빠지기를 성공적으로 완료했다.

우리의 학원 빠지기 작전은 여기서 끝나지 않았다. 또 어느 한 날은 학원을 가기 전에 시내에 볼 일이 있어서 볼 일을 보고 버스를 타고 학원을 가고 있었는데 옆에서 K가 말했다.

"노래방 갈래? 개꿀 잼 나이스~"

나는 주저 없이 바로 벨을 눌러 버스에서 내렸다. 내리자마자 K는 환호성을 내질렀다. 우린 노래방으로 향해 노래를 즐겁게 불렀다. 이날은 학원을 빠지지 않지만 항상 똑같은 지루한 일상 속에 잠깐의 휴식을 준 것 같아 기분이 좋았던 하루였다.

또 이런 일도 있었다. 항상 그래왔듯 K와 나는 수업이 끝난 후 버스를 타고 피로로 가득한 몸을 이끌고 학원을 향해 걸어가고 있었다. 그날따라 학원에 가기 싫었던 우리는 조금이라도 학원에 늦게 가고 싶은 마음에 조금 돌아서 가기로 했다. 학원 주변에 골목길이 많아서 그날은 학원 주변에 있는 골목길 투어를 했다. 골목길에는 고깃집, 편의점, 술집, 옷 가게 등이 있었고, 가게 안에는 수 많은 사람들이 서로 얘기를 하면서 맛있게 음식을 먹고 있었다.

'저 사람들은 맛있는 거 먹고 즐겁게 얘기하는 데 왜 나는 왜 학원에 가지?'

난 조금 기분이 이상해져 이런 생각을 하기도 했다. 어쨌든 골목길 투어도 하고 학원 앞에 있는 놀이터에서 잠깐 이야기를 하기도 했다. 학원 주변에서 논지 한 15분? 정도 됐을 때, 갑자기 원장 선생님이 이제 들어오라고 하셨다. 우리는 나름 원장 선생님이 모르게 철두철미하게 움직였다고 생각했는데 원장 선생님은 그런 우리를 다 보고 계셨다. 역시 우린 어쩔 수 없이 원장 선생님 손바닥 위였던 것일까…?

사실 이 글에 담지 못한 일들이 정말 많다. 학원을 오래 다닌 만큼 재미있었던 일들도 많고 힘들었던 일들도 많았다. 하지만 지루하고 재미없던 학원이 재밌었던 이유는 K가 옆에 있었기 때문이다. 만약 내 옆에 K가 없었다면 정말 힘들었을 것이다. K랑 같이 학원을 다니면서 친구의 중요성을 깨달았다. 물론 학원을 다니면서 K와 싸우는 일도 많았지만 서로 단순해서 그런지 보통 1시간 만에 풀린다. 우리는 싸우는 것도 되게 유치하게 싸운다. 우리가 싸우는 이유는 보통 둘 중에 한 명이 예민해서 서로 기분이 상해서 말을 안 한다. 그래서 싸우면 둘 중 한 명이 더 빠른 걸음으로 먼저 간다. 그렇게 한 30분에서 1시간 정도 말을 안 하다가 버스에서 내리면 바로 앞에 와플 집이 있는데 우리의 싸움은 여기서 멈추는 경우가 많다.

"와플 먹을래?"

"응, 먹을래."

굳이 와플이 아니어도 우리는 보통 1시간 안에 풀린다. 그래서 그런지 K와 오랫동안 화해를 안 한 기억은 없다. 나는 이렇게 자주 싸우고 금방 풀리는 우리의 사이가 되게 좋다고 생각한다. 나는 K가 정말 좋다!! 그래서 K와 죽을 때까지 서로를 믿고 존중해 주는 친구이고 싶다. K도 아마 같은 생각일 것이라고 생각한다.

H와의 이야기

"예나"

항상 그렇듯 성을 떼고 나를 부르는 H.

H와는 어린이집을 같이 다니다 중간에 H가 다른 어린이집으로 가 떨어지게 됐다. 그러나 어차피 우린 다시 만나게 될 운명이었는지 초등학교에서 다시 만나게 됐다. H와는 초등학교 때까지는 그렇게 친하지 않았다. 내가 초등학교 땐 K랑 같이 학원을 같이 다녀서 그런지 H보단 K와 더 친했던 것 같다. 초등학교 땐 H와 같이 있을 때 어색하진 않았지만 그렇게 많이 친하진 않았다. 중학교 때부턴 학원을 끊었다. 이유는 학원을 다녀도 별로 성적에 도움이 되지 않았기 때문이다. 여하튼 그래서 그런지 학교 끝나고도 학교에서도 같이 다닐 일이 많이 생기게 돼서 중학교 때부터 본격적으로 친해지기 시작했다.

H의 MBTI는 ENFP이다. 짙은 갈색 중 단발 머리에 키는 162cm 정도 된다. 개인적으로 H는 짧은 단발이 잘 어울린다고 생각한다. 그래서 나는 H가 단발인 게 좋지만 자기는 머리를 기르고 싶다며 똥고집을 부려서 머리를 기르고 있는 중이다. 여하튼 H는 정말 말랐다. 근데 비율이 좋아서 다리가 정말

길다. 그리고 얼굴이 이쁘다. 약간 동물로 따지면 북극여우? 생긴 건 차갑게 생겼다. 하지만 생긴 거와는 다르게 정말 감성적이고 잘 삐진다. 어느 정도로 잘 삐지냐면 화장실 같이 안 가준다고 하면 삐지는 정도? 그래서 결국 화장실을 같이 안 가주게 되면 한 1시간 정도 말을 안 한다. 솔직히 좀 이해가 안 되긴 한다. 뭐 세상엔 나와 다른 사람들이 넘치고 넘치니까 아 이런 사람도 있구나 하고 받아들이고 있다. 또 H 자신감이 정말 높다. 그래서 그런지 친화력도 높고 당돌하다. 근데 자신감이 너무 높아서 자기애가 정점을 찍는다는 점? 그게 안 좋은 건 아니지만 가끔씩 걱정될 때도 있다. 나는 H가 그런 성격인 걸 아니까 아 또 이러네 하고 넘어가겠지만 남이 봤을 땐 이런 생각을 할 수도 있다.

"(H를 째려보며) 쟤는 왜 저렇게 나대는 거야?"

그래서 H를 별로 안 좋아하는 사람들도 간혹 한두 명씩 있다. 그럴 때마다 나는 좀 속상하다.

'알고 보면 착한데…'

중학교 1학년의 겨울방학이 끝나고 중학교 2학년을 시작했다. 방학이라서 밤낮이 바뀐 나는 아침에 늦잠을 자 개학 첫날부터 지각하면 어떡하냐고 걱정했다. 그래서 항상 일찍 일어나는 H에게 아침마다 전화를 걸어서 나를 깨워달라고 부탁을 했다. H는 그 부탁을 들어주었다. 그래서 개학을 한 3월 2일부터 내가 학교 생활에 적응을 할 때까지 H는 나에게 아침마다 전화를 걸어주었다. H의 모닝콜은 꽤 효과적이었다. 아침에 알람이 안 울려 늦잠을 잘 뻔했을 때도 H가 전화를 걸어줘서 지각을 하지 않았었다. H가 아침에 전화로 나를 깨우고 바로 끊을 때도 있지만 등교할 때까지 영상통화를 할 때도 있었다.

그날도 어김없이 H의 모닝콜로 일어났다. 그날은 등교할 때까지 전화를 했었던 날이었다. 평소처럼 상쾌하게 씻고, 로션 바르고, 옷도 입고 엄마한테 학교에 가자고 했었는데 갑자기 아빠가 키우던 강아지가 죽었다는 말을 들었다. 그 말을 들었을 때 역시도 나는 H와 전화 중이었고, 나는 울고 있었다. 아마 H는 내 울음소리를 들었던 것 같다. 원래 H는 체육관 앞까지 나와서 나를 기다리고 있었지만 그날은 교문 앞에서 나를 기다리고 있었다. 집에서 학교까지 오는 동안 우는 걸 진정시키고 있었다. 조금 진정이 될 때쯤 나는 학교에 거의 다 왔었다. 교문에서 H가 기다리고 있었고 난 엄마에게 오늘은 교문 앞에 내려달라고 했다.

H를 본 순간 나는 대성통곡을 했다. 왜인지는 모르겠다. 그냥 내

곁에 있어 줄 사람이 필요해서? 아니면 그냥 위로가 필요해서? 왜 울었는지 잘 모르겠다. 그냥 얘 앞에서는 그냥 울어도 되겠다, 내 마음을 안 숨겨도 되겠다는 마음에 그렇게 울었던 것 같다. H는 교문부터 교실까지 올라가는 길까지 나를 안아주고 같이 울어 줬다. 그때는 우느라 정신이 없었지만 시간이 좀 흐른 다음 그때의 일을 다시 생각해 보면 H에게 되게 고맙다고 전하고 싶다.

H와는 평소에 서로 놀리고 티격태격하면서 논다. 솔직히 말하면 내가 좀 자주 놀리긴 한다. H의 반응이 너무 재밌어서 계속 놀리고 싶다. 그러다가 진짜 삐져서 좀 미안하기도 했다. 그럴 때마다 나는 몇 십 분, 몇 시간 동안 H를 붙잡고 말한다.

"(최대한 미안한 척 하는 목소리로) H야 미안해…"

이제 그날은 삐진 그 순간부터 다음 날 등교 전까지 H와 얘기를 하지 못한다. 보통 그렇게 길게 삐지면 H는 다음 날이 돼서야 삐진 게 풀린다. 약간 좀 오래 삐지는 거 같긴 하지만 좀 단순해서 하루를 넘기지 않는 스타일인 것 같다. H가 단순해서 다행이지 단순하지 않았으면 난 지금 H와 친구가 아닐 수도 있다. 아무리 H가 잘 삐져도 나를 괴롭혀도 나는 H가 좋다. 이유는 친구니까. 나는 H가 좋으니까.

J와의 이야기

"자기야"

남들이 들으면 오해를 부를 수 있는 애칭으로 나를 부르는 J.

이 '자기야'는 서로가 서로를 부르는 방식이다. 그냥 남들이 상대방의 이름이나 별명을 부르는 것처럼 우린 서로를 '자기야'라고 부른다. J는 H, K와 다르게 중학교에 들어와서 처음 만났다. J는 타지에서 우리 중학교로 왔다. J는 원래 살던 지역에서 학교를 계속 다니다 보니 그 지역 친구들은 너무 오래 봤다고 새로운 친구들을 만나고 싶어서 여기로 오게 되었다고 한다. 근데 J가 그렇게 말하면 우리도 조금 오래 보면 질리는 게 아닐까 조금 걱정이 된다. 어쨌든 J와의 첫 만남은 온라인 수업으로 만났다. 왜냐면 내가 딱 중학교 입학할 때 코로나19가 심해졌기 때문이다. 컴퓨터 너머로 본 J의 모습은 정말 '바른 아이' 그 자체였다. 대답도 똑 부러지게 잘하고, 노트 정리도 정말 잘했기 때문이다. 그리고 무엇보다 외면이 정말 공부 잘하는 모범생처럼 생겼다. 그래서 좀 다가가기 어려운 느낌이었다. 물론 내가 처음 보는 사람과 친해지는 데 오래 걸리는 것도 있긴 하지만. 그러나 내가 컴퓨터 너머로 처음 본 J는 진짜 J가 아니었다.

지금 내가 보는 J는 쇼트커트로 잘랐다가 지금 머리를 기르고 있어 조금 정리가 안 된 짧은 단발머리에 키는 158cm 정도 된다. 그리고 MBTI는 INTP이다. J의 생김새는 한 동물로 표현할 수 있다. 바로 '나무늘보'이다. 생김새부터 하는 행동까지 나무늘보를 생각나게 한다. J는 노력으로 안 되는 걸 못 한다. 예를 들면 노래 부르기, 춤추기, 패션 감각? 이런 타고나야 하는 것을 못한다. 그래서 J는 노래를 잘 못 부르고, 춤도 잘 못 춘다. 하지만 항상 열심히 그리고 성실히 한다. 약간의 똘기가 있다. J는 평소에 학교에서 몰려오는 수행평가들과 시험 그리고 학원 때문에 피곤해서 눈에 생기가 없지만 갑자기 급발진을 하면서 광기가 돌 때가 있다. 그때마다 드는 생각이 있다.

"(한심한 목소리로) 얘가 드디어 공부에 미쳤나."

J는 입술이 귀엽다. 약간 예쁜 오리 입 같은 느낌? 그래서 나는 항상 귀엽다고 말하지만 J는 자기가 귀여운 걸 부정한다. 우리의 평소 대화를 몇 마디 적어보겠다.

"너 왜 이렇게 귀여워?"

내가 말했다.

"(지겹다는 듯이)헤엥... 그건 좀."

J가 대답했다.

"(진심을 담아서) 잉 진짜 귀여운데, 나 진심이야."

내가 또 J의 말에 대답했다.

"헹... 어쩔티비."

J가 대답했다.

뭐 보통 우리의 대화가 이렇다. 이렇게 우리의 대화를 글에
쓰려고 보니 되게 유치해 보인다.

내가 지금 재학 중인 중학교는 1학년 때까진 자유학년제여서
시험을 보지 않는다. 그래서 2학년 때부터 점수에 반영되는 시
험을 보는데 우리 학교가 조금 특이한 게 중간고사를 안 보고
거의 모든 과목을 100% 수행평가로 점수를 낸다. 기말고사도
2~3개만 보고 그 과목도 50% 정도 밖에 점수에 반영되지 않는
다. 중학교 3학년에 올라와서 선생님께 과학 서술형 시험을 본
다고 공지를 받았다. 나는 점수를 잘 받기 위해 공부를 했다. 서
술형 시험은 한 명이 빠지면 시험을 보기 번거롭기 때문에 한
명이 빠지게 되면 시험을 다음 주로 미룬다. 한참 코로나19 확
진자가 많이 나왔을 때 반 친구들 중 한 명이 코로나가 걸려 시
험이 한 주 미뤄지게 되고, 또 그 다음 주에 또 한 명이 걸려 다
음 주로 미뤄지고, 또 그다음 주에 한 명이 걸려 다음 주로 미

뤄져 시험이 3주가 미뤄지게 됐다. 시험이 3주 미뤄진다는 말은 공부할 시간이 3주가 더 주어졌다는 소리다. 나는 시험 점수를 잘 받기 위해 시험공부를 열심히 했다. 그렇게 3주가 흘렀고 시험 날이 됐다. 떨리는 마음으로 시험지를 받았는데 시험지를 본 순간 갑자기 머리가 백지가 됐다. 그 순간 나는 직감했다.

"아, 망했다."

그래도 시험 점수를 조금이라도 잘 받기 위해 일단 문제를 풀었다. 45분 동안 문제를 풀고 내 친구들은 이번 시험 좀 잘 본 것 같다고 다 시험 이야기를 하고 있었지만 나는 그 사이에 낄 수 없었다. 뭔가 그 잘 본 애들 친구들 사이에 나 혼자 못 봐서 내가 나한테 실망한 느낌일 들 것 같아서 아예 그 사이에 낄 생각조차 하지 않았다. 그 날은 내 머릿속에 하루 종일 그날 친 과학 시험밖에 생각나지 않았다. 솔직히 시험을 준비할 수 있는 시간이 그냥 평소 같았으면 나한테 그렇게까지 실망을 하지 않았을 것이다. 그냥 시험 하나 못 볼 수도 있지 다음에 더 잘하자! 이렇게 넘어갈 수도 있었겠지만 공부를 할 수 있는 시간이 정말 너무 많았기 때문에 그리고 시간이 많았던 만큼 공부한 시간도 많았기 때문에 실망이 컸다.

그렇게 수업이 끝나고 집으로 와서 평소처럼 씻고 조금 놀다

가 곧 있을 시험을 위해 공부를 하려고 책상에 앉았다. 나는 약
간 공부할 때 잡생각을 되게 많이 하는 편인데 아무 생각 없이
공부를 하다가 갑자기 또 오늘 친 시험이 마음에 걸렸다. 아 공
부 조금만 더 열심히 할 걸이라고 계속 후회했다. 나는 이 서러
움을 풀고자 J에게 연락을 했다.

"(슬픈 감정을 담아서) 난 사람이 아니야."

내가 말했다.

"왜 그래, 자기야."

J가 말했다.

"그걸 왜 틀려. 왜 틀리는데."

내가 말했다.

"괜찮아, 자기야. 난 쉬운 거 틀렸었잖아. 솔직히 그 문제 많이
헷갈렸어. 그 문제에만 거의 15분 투자한 듯"

J가 말했다.

"눈물 난다."

내가 말했다.

"결과까지 90점 정도만 넘기면 돼. 지금부터 점수 잘 지키면
충분히 좋은 점수야."

J가 말했다.

"사랑해, 자기야."

J와 대화하면서 약간 멘탈이 다시 잡혔다고 해야 되나? 물론 형식적인 대답일 수도 있지만 나에게는 다시 일어설 수 있는 말이었다. J의 말을 듣고 나는 멈췄던 공부를 다시 시작했다. 그리고 지나간 일인데 후회해서 뭐 하겠어 좌절하는 것보다는 다음 시험 준비하는 게 좋을 거라고 생각했다. J의 말은 지금도 마음에 새겨두고 멘탈이 흔들릴 때마다 되새기는 중이다.

이 말은 지킬 수 있다. J와 친구를 하면서 싸울 일은 없을 것 같다. 만약에 연락이 끊기더라도 서로 바빠서 연락이 뜸해지면서 끝날 것 같다. 내가 J와 잘 싸우지 않는 이유는 서로 싸우는 걸 귀찮아 하기 때문이다. 우리 둘 다 성격이 약간 친구들이 싸우는 걸 구경하는 방관자 스타일이다. 약간 평화주의자? 그래서 우린 싸워서 인연이 끊어질 일은 없을 것 같다. 근데 약간 J가 연락을 잘 하지 않는 스타일이라서 점점 시간이 지나면서 연락이 끊기지 않을까? 그래서 내가 혹시 몰라 J에게 물어봤다. J는 이런 대답을 했다.

"특별히 내가 1년에 한 번씩 연락해줄게."

정말 J같은 대답이다. 그래도 1년에 한 번은 너무 적으니 한 달에 한 번씩 해줬으면 좋겠다.

사랑

"예은아"

항상 나를 바라보며 이름을 불러주는 D.

D는 초등학교 6학년 때 D가 전학을 와서 만나게 됐다. 시골에 살다 보니 학교에 전학생이 오는 일이 드물어서 그런지 다들 누군지 궁금해하고 있었다. 궁금했던 D의 첫인상은 키가 작고 말랐으며 뿔테안경을 썼었다. 나는 초등학교 때 D를 좋은 이미지로 생각하지 않았다. 이유는 친구 A와 다투는 일들이 종종 있었기 때문이다. 그때의 나는 전학을 와서 아직 안 친한 D의 입장을 생각하기보다는 어렸을 때부터 친구였던 A의 편을 더 들었다. 그래서 D에 대해 안 좋은 생각을 가지고 있었다. 그러면 안 되지만 그때의 나는 어렸고 그래서 생각도 어려서 그랬던 것 같다. 물론 지금은 D를 좋은 친구라고 생각한다. 그렇게 1년이 지나고 우린 중학생이 되었다. 시골에 사는 우리는 D를 포함한 모든 친구들과 다 같이 중학교로 올라왔다. 중학교에 입학하고 중학교 3학년이 된 지금, D는 초등학교 때와 많이

달랐다.

16살이 된 D는 키는 흑발에 키는 172cm 정도 된다. MBTI는 ISFP다. 예전과 같이 안경을 썼지만 동그란 안경으로 바꿨고, 여전히 말랐다. 그리고 얼굴이 잘생겼다. 장점은 손이 예쁘다. 남녀 상관없이 다 좋아할 만큼 손가락이 얇고 길어서 정말 예쁘다. 웃을 때 애교살이 생기고 입동굴이 있어서 예쁘다. 그리고 옆에서 D의 눈을 보면 속눈썹이 길다는 것을 알 수 있다. 목소리가 낮은 편은 아니지만 은근 목소리가 좋다. 그 은근 좋은 목소리로 느끼한 말을 가끔씩 한다. 예를 들면 이상한 오글거리는 말들을 배워서 말하는 거? 오글거리는 말을 하긴 하지만 다정하긴 하다. D의 곁에 가면 항상 좋은 냄새가 난다. 마지막으로 이 글의 주제가 우정, 사랑인 만큼 D에게 연애 생각이 있냐고 물어봤다. 내 생각에 D는 연애보단 게임을 더 좋아하는 친구라고 생각해서 연애 생각이 없을 거라고 생각했다. 그러나 의외로 연애 생각이 있다고 해서 놀랐다.

우리 학교에는 "도담도담"이라는 인문 독서 동아리가 있다. 도담도담은 매주 목요일마다 6시부터 8시까지 2시간 동안 저녁밥을 먹고 책을 읽고 책 대화를 하며 책을 쓴다. 그리고 한 학기에 한 번씩 다른 지역으로 여행을 떠나기도 한다. 나는 책에 관심이 없어서 도담도담에 들어갈 생각조차 하지 않았다. 근데 3학년을 시작하던 해에 H가 나에게 물었다.

"(기대되는 목소리로) 나랑 전주 가자. 이번 도담도담 여행 전주 간대!"

"어? 전주? 전주 가고 싶은데 그냥 들어갈까?"

이후로 나는 선생님께 도담도담에 들어가고 싶다고 말씀을 드렸고, 면접을 통해 도담도담에 들어가게 되었다. 도담도담은 생각보다 재미있었다. 늦은 시간까지 학교에 남아 친구들과 이야기를 하고 책을 읽는 것도 나름 재밌는 일이었다. 도담도담에는 D도 있었다. 전주는 2학기에 가기로 했고 1학기에는 통영으로 여행을 떠났다. 나의 첫 동아리 여행은 정말 재미있었다. 책방도 가고 루지도 타고 바다도 보고 많은 활동을 했다. 조금 힘들었긴 했지만 마지막 일정인 바다를 보고 이제 학교로 돌아갈 시간이 되었다. 통영부터 추풍령까지 2시간 30분 정도 걸리는데 돌아가는 시간 동안 재미있는 일들이 벌어졌다.

학교로 가는 길에 이야기를 하고 싶은 사람들끼리 모여서 도란도란 이야기를 나누었다. 나눈 이야기 중에는 연애 이야기, 학교 이야기 등이 있었지만 우리의 주된 관심사는 연애였다.

질문들은 서로 좋아하는 사람 있냐, 관심 가는 사람이 있냐 등의 질문이었다. 물론 그 자리에는 D도 있었다. 돌아가면서 한 명씩 질문들을 던졌고, 그 질문들에 대한 대답을 정말 재밌었다. 내 안에 죽어있던 연애 세포들이 하나하나씩 살아나는 기분이었다. 우리는 진실 게임을 했다. 얘기를 나누다가 친구들이 D에게 우리 학교에서 제일 예쁜 애가 누구냐고 물어봤다. 나는 누굴까 생각하고 있었는데 갑자기 D가 내가 제일 괜찮다고 해서 애들이 난리가 났다. 통영 여행 이후로 친구들은 나와 D를 엮기 시작했다.

예를 들면 D와 나와 같이 있으면 자리를 피해 주기, 손 억지로 잡게 하기, 조금만 붙어 있으면 호응하기 등이 있다. 통영 여행이 끝난 후 학교생활은 조금 힘들었다. 3학년이 되니 수업내용은 점점 더 어려워지고 그러니 공부할 양은 많아지고 3학년이다 보니 성적을 빨리 11월까지 내야 되서 수행평가도 파도처럼 몰려왔다. 근데 힘든 와중에 친구들은 내가 D와 같이 있으면 계속 붙어 있으라고 하니 조금 힘들었다. 근데 힘든 것도 잠깐이었다. 애들이 하도 많이 엮으니까 이제 체념을 했다. 이제는 애들이 엮을 때마다 이런 생각을 한다.

"(체념한 목소리로) 아 애들이 장난을 치고 싶구나, 히히."

오히려 애들한테 반응을 해주는 것보다는 이런 마인드를 가지는 게 더 편할 것 같다. 물론 이렇게 엮이다가 진짜로 사귈 수도 있겠지만 그럴 가능성은 거의 없다고 생각한다. 그냥 서로 좋은 친구 사이로 남지 않을까 싶다.

E와의 이야기

"월월"

항상 웃는 얼굴로 활기차게 나를 반겨주는 E.

E는 내가 태어나기 전부터 우리 집에서 키웠던 강아지다. E는 주변 지인분이 키우시는 개가 새끼를 낳아서 그중에 한 마리를 분양받았다. E는 많은 새끼들 중에 좀 약한 강아지였다고 전해 들었다. E는 밖에서 키웠다. 안에서 키웠으면 더 좋았겠지만 할머니, 할아버지가 집 안에서 키우는 걸 별로 좋아하지 않으셨다.

E는 나이가 많고 무슨 종인지는 모르지만 털은 짧으며 황토색이고 덩치는 크지만 다리는 짧아서 귀여운 매력을 가지고 있다. 눈꼬리는 조금 내려와 있고 눈이 초롱초롱해서 너무 예쁘다. E는 가족들한테는 애교도 많고 부르면 달려오고 잘 따르지만 지나가는 사람한테는 사납고 심지어 우리 집에 자주 오는 사람들에게도 사납게 대한다. 그래서 종종 집에 도둑 걱정을 안 해도 되겠다고 생각을 하기도 했다. 이건 거의 모든 강아지들도 그렇고 E도 그렇고 산책을 정말 좋아했다. E와 같이 나도

산책을 하면 바깥 공기도 마시고 좋아서 같이 산책하는 것도 나름 재미있었다. 그리고 가끔 겨울에 눈이 와서 눈이 쌓였을 때 산책을 하면 눈을 먹기도 했다. 사람으로 치면 약간 빙수 먹는 느낌인 걸까? 세상에 모든 사람들이 그렇듯 내 자식이 제일 귀여운 법이다. 그래서 나도 우리 E가 제일 귀엽고 사랑스러웠다. 그리고 나는 E를 정말 아끼고 좋아했다. 정말 많이.

나는 평생을 E와 같이 살아왔다. 어릴 때는 내가 안 바쁘다 보니 E와 같이 보낼 시간이 많았다. 하지만 초등학교에 들어가고 학원을 다니게 되면서 E와 같이 보낼 시간이 점점 줄어들었다. 학교나 학원을 갔다 와서 E가 좋아하는 산책을 같이 하려고 해도 너무 피곤하고 어두워서 못 했다. 시간이 흐른 만큼 나도 점점 나이가 많아졌고, E도 점점 나이가 많아졌다. 강아지의 평균 수명은 10~13년이다. 아마 그때가 나는 15살, E는 16살이었다. 강아지의 16살은 사람 나이로 약 90세 정도 된다. 당장 죽어도 전혀 이상하지 않을 나이였다.

어느 날 E랑 같이 산책을 하고 있었다. E가 설사를 하고 조금만 걸어도 숨을 가쁘게 쉬었다. 그날 이후로 나는 지금까지 못 해준 것을 다 해준다는 느낌으로 산책을 자주 해주기 시작했다. 산책을 하는 E의 모습은 힘들어 보이긴 했지만 정말 즐거워 보였다. 산책을 하면서 같이 눈도 보고 그동안 많이 찍지 못했던 사진도 많이 찍었다. 사진에 담긴 E의 모습은 예전 사진보다 많이 늙어있었다. 그렇게 한 4개월 정도 지났나? 여느 때와 같이 나는 늦은 저녁 학원이 끝나고 집에 왔다. 집에 들어가는 길에 E를 보니 평소와 다르게 밖에 나와 달빛을 쐬고 있었다. 나는 그냥 늦은 밤 집에 들어오는 내가 반가워서 밖에 나와 있는 줄 알았다. 그래서 그냥 그러려니 하고 집에 들어왔다. 나는 그날 밤 그러면 안 됐다.

다음 날 아침 나는 평소처럼 학교에 가려고 준비를 하고 있었다. 가방을 챙기려고 거실로 나온 순간 아빠가 밖에서 들어왔다. 아빠가 들어와서 엄마와 나에게 말을 꺼냈다.

"(슬프지만 덤덤한 목소리로) E가 죽어서 천으로 덮어주고 왔어."

그 말을 듣자마자 나는 그 사실을 믿을 수가 없어서 가방을 챙기고 밖을 나가봤다. 하지만 그 믿을 수 없었던 말은 사실이었다. 천에 덮혀 누워 있는 E의 모습을 보고 미안해서 눈물이 났다. 어제 평소와 다른 E의 행동을 알아봐 줄 걸 조금이라도 더 같이 있어 줄 걸 하지만 난 그 사소한 걸 못 해줘서 미안해서 눈물이 났다. 한동안은 E의 빈자리가 많이 느껴졌다. 하지만 인간은 적응의 동물인지 시간이 지나니 E의 빈자리도 적응이 됐다. E가 지냈던 자리에는 다른 농기구들이 들어왔고, 잡초들이 자라났다. 아직도 E를 생각하면 마음 한쪽이 뻥 뚫린 것처럼 허전하다. 가끔 날씨가 좋을 때 E의 산소에 가 잠시 E와 같이 있어 주기도 하고 혼잣말을 하기도 했다. 지금 생각해 보면, E가 세상을 떠나기 전날 밤에 밖에 나와 있었던 것은 마지막으로 나를 보기 위했던 것이 아니었을까 생각이 든다.

E는 나에게 없을 최고의 친구였다. 1년 반이 흐른 지금 나는 여전히 E가 보고 싶고 E의 목소리가 듣고 싶다.

나의 변화

글을 쓰면서 나의 삶을 되돌아보게 되었다. 내 삶은 마냥 행복하고 즐거운 일만 가득하진 않았다. 슬픈 일도 있었고, 좌절을 하는 일도 있었고, 힘들었던 일도 있었다. 하지만 그 힘들고 슬픈 일을 이겨낼 수 있었던 건 내 주변의 다른 존재들 덕분이라고 생각한다. 아마 이 존재들이 없었다면 지금의 내가 되지 못했을 것 같다. 나는 원래도 사랑과 우정을 중시하는 사람이었는데 글을 쓰면서 더욱더 사랑과 우정이 중요하다는 것을 깨달았다. 그래서 아직 사랑과 우정을 못 느낀 존재들에게 이것들이 얼마나 중요한지 널리 널리 알려주고 싶다. 이 글을 보는 여러분도 사람에게 사랑과 우정이 얼마나 중요한지 깨달았으면 좋겠다.

▽ 살 아 남 았 다

김도진

 난 깊은 산속에서 깨어났다. 이곳은 어디일까. 주변은 나무로 가득했고, 길 같은 건 보이지 않았다. 이런저런 생각을 하던 중, 옆에서 바스락 소리가 들려왔다. 나는 화들짝 놀라며 옆에 있던 나무 뒤로 천천히, 조심스레 이동했다. 나무 뒤로 이동한 후 나무에 등을 기댔다. 식은땀이 흘러내리고, 심장은 빠르게 뛰었다. 난 심호흡을 하고 천천히 나무 뒤를 돌아보았다. 내가 있던 자리엔 다행히도 토끼 한 마리가 있었다. 난 안도의 한숨을 쉬며 그 자리에 털썩 주저앉았다.

 아깐 급해서 몰랐지만 내 몸은 상처로 가득했다. 발은 다 까져 있었고, 다리나 팔은 가시에 찔린 듯 흉터가 남아있었다. 하지만 그것보다 더 큰 문제가 있다. 내게 어떠한 기억도 남아 있지 않다는 것이다. 내가 누구였는지, 어디에서 왔는지도 기억이 나지 않는다.

일단 다른 사람을 찾고 싶지만 이런 산속에선 찾기가 쉽지 않을 것 같다. 산에서 내려가기엔 내 발이 성치 않았기에 난 생각했다. 사람을 기다릴지, 사람을 찾으러 갈지. 난 조금을 생각하다 직접 사람을 찾기로 했다. 하지만 이런 산속에서 사람을 찾기가 쉬울 리 없다. 이 산에서 벗어난다 해도 마찬가지일 것이다. 발도 아프고, 배도 고프다. 하지만 지금 사람을 찾지 못하면 난 죽을 것이다. 하지만 이런 산이라도 사람의 흔적은 있기 마련. 난 그런 흔적을 찾아 나섰다. 난 자리에서 일어나 걷기 시작했다. 얼마 지나지 않아 역시, 사람이 지나다니는 흔적을 찾았다. 이런 흔적들을 찾아 내려가기 시작하면 산 입구에 도착할수 있을 것이다. 그렇게 내려가던 중, 어떠한 소리가 들려왔다. 이건 분명 물이 흐르는 소리였다! 난 소리가 나는 쪽으로 달려갔다. 풀을 헤쳐나가니 내 눈앞엔 계곡이 보였다. 정말 아름다운 계곡이었다. 친구와 함께 보고 싶을 만큼. 어? 나에게 친구가 있었던가? 머리가 아프다. 난 일단 물을 마셨고 잠깐 계곡에서 쉬기로 했다.

계곡에서 쉬던 중, 뒤에서 웅성거리는 소리가 들려왔다. 이 소리는 사람의 소리이다. 그들의 목소리는 높아졌고, 나는 불안해졌다. 이들이 도적이나 산적이면 어떡하지? 불안이 극에 달하자 그들이 이 계곡에 도착했다. 그들은 활과 이상한 물건을 들고 있었다. 그들은 나를 보자 달려와 물었다.

"자네는 누구인가?"

"왜 여기 있는 것인가?"

여러 명이 한꺼번에 물어보자 난 혼란이 왔다. 하지만 불안은 사라졌고, 편안함 또한 느꼈다. 대장으로 보이는 사람이 나에게 다시 물었다. 난 누구인지, 왜 여기 있는지. 사실 나도 잘 모르기에 모른다고 대답했다.

이들은 미덥지 못한 표정으로 나를 보며 따지려 들었지만, 대장의 손짓에 모두 물러섰다. 나도 이들에게 내 상황을 알리고 싶었기에 난 내가 깨어난 시점부터 지금까지 있었던 일들을 요약해 말해주었다. 그러자 이들의 표정은 바뀌었다. 경계하던 표정은 볼 수 없었다. 나도 이들에 대해 궁금한 점이 많은 것이 많았기에 말을 시작했다.

이들이 누구인지, 이곳은 어디인지 등 궁금한 점을 물어보았다. 이들은 친절하게 대답해주었다. 이들은 사냥꾼 집단이었고, 이곳은 부산이라고 했다. 등에 메고 있는 이상한 물건은 왜놈들이 쳐들어와 놓고 간 '총'이라고 한다고 했다. 그들은 나에게 총 쏘는 걸 보여주며 총에 대해 알려주었다. 옆에서 들으니 매우 컸고, 그 파괴력 또한 엄청났다. 활과는 비교도 안 될 정도였다. 그들은 나에게 남는 신 한 짝과 붕대, 싸 온 주먹밥을 두 개주었다. 난 계곡에서 발을 씻고 붕대를 감았다. 쓰라렸지만 그동안 맨발로 걸어 다녔었기에 이 정도쯤은 참을 수 있었다. 난 주먹밥 두 개를 허겁지겁 먹고 신을 신었다. 계곡에서 마을까지의 거리는 생각보다 멀었다. 꽤 큰 산이었나보다. 다행히 내리막길이라 그리 힘들진 않았다.

산에서 내려오니 사람들이 붐비는 마을이 보였다. 마을에 들어가니 사람들이 바빠 보였다. 사람들은 자재를 나르고, 집을 고치고 있었다. 그래서 사냥꾼들에게 물어보니 왜놈들이 쳐들어와 이렇게 됐다고 한다. 더 자세히 물어보고 싶었지만, 사냥꾼의 표정이 안 좋아 더는 물어볼 순 없었다. 사냥꾼들은 각기 흩어졌고, 사냥꾼의 대장만이 남았을 때, 그는 한숨을 쉰 후 말했다. 그는 왜놈들이 쳐들어와 부산이고 뭐고 온통 다 쑥대밭이 됐다고 말했다. 지금은 조선이 승리해 왜군들은 후퇴하는 상황이라고 한다.

사냥꾼은 일단 집으로 들어가자며 집으로 향했다. 사냥꾼의 집은 산과 가까운 마을 변두리에 있었다. 집에 들어가자 사냥꾼은 옷 한 벌을 가져왔다. 사냥꾼의 옷은 조금 컸다. 사냥꾼은 옷을 준 후 부엌에 들어가며 잠깐 기다리라 말했다. 난 밖에 나가 마당을 거닐다 대청에 앉아 생각했다. 난 어디서 온 걸까? 줄곧 생각해왔지만 난 답을 찾지 못했다. 난 누구일까? 어디서 온 걸까? 전쟁 탓에 이곳까지 오게 된 것이 아닐까? 오만 생각이 떠오르던 중, 사냥꾼이 내 옆에 앉아 방금 찐 따끈따끈한 찐빵을 줬다. 난 찐빵을 먹으며 그에게 나의 고민을 털어놓았다. 그는 아무런 고민 없이 웃으며 나에게 아무런 걱정도 하지 말라며, 도움을 주겠다고 말했다. 의지가 되는 그 한마디에 난 울음을 터트리고야 말았다. 그는 날 안고 등을 토닥여줬다. 그게 너무 다정하고 따뜻해서 쉽게 울음을 그칠 수 없었다. 한참을 울다 울음을 그친 난 안긴 상태로 잠들었다.

내가 일어나자 사냥꾼은 밥을 차려줬다. 소박한 한 상이었지만 맛있었다. 난 사냥꾼에게 산에 다시 한번 올라가 보겠다고 말했다. 그러자 사냥꾼은 기겁하며 안된다고 하였다. 산이 위험하다는 이유였다. 들어보니 산에 호랑이가 산다는 얘기가 있어 어제 사냥꾼이 산에 올라갔던 것이었다고 한다. 그래도 난 올라가야만 했다. 사냥꾼의 만류에도 내가 가야겠다고 하자 결국 사냥꾼은 다른 사냥꾼들을 모았다.

산에 올라갈 준비를 끝마치고 우린 산 앞으로 갔다. 난 마음의 준비를 하고 산을 오르기 시작했다. 내려올 땐 몰랐지만 산은 정말 높았다. 한참을 걸어 올라갔는데 계곡은 보이지도 않았다. 사냥꾼들은 얼마 남지 않았다고 올라갔지만 평범한 난 종아리가 터질 것 같았다. 난 겨우겨우 계곡에 도착해 달려가 허겁지겁 물을 퍼마셨다. 우린 계곡에서 조금 쉬다가 다시 출발했다. 난 기억을 더듬어 어제 내려왔던 길을 찾아갔다. 제대로는 알지 못했지만 바로 어제의 일이기도 했고 길이 복잡하지 않아서 가는 게 어렵지 않았다. 몇 번 길을 잘못 들어 헤매긴 했지만 결국 내가 깨어났던 곳에 도착했다.

다시 한번 주변을 들러보자 처음에 봤던 것과는 다른 것들도 볼 수 있었다. 그래, 마치 이 사람처럼. 음? 난 화들짝 놀랐다. 내가 깨어났던 곳에서 얼마 떨어지지 않은 곳엔 나와 비슷한 나이대로 보이는 소년이 정신을 잃고 쓰러져 있었다. 큰 부상은 없었다. 이 소년은 나의 과거와 큰 관련이 있을 것이다. 하지만 소년은 아무리 깨워도 일어나지 않았다. 소년 말곤 딱히 다른 단서가 보이지 않았다. 올라온 흔적이 있었지만 내가 산에서 헤매다 들어왔을 수도 있으니 딱히 쓸모가 있어 보이진 않는다. 결국 우린 내려갈 수밖에 없었다. 내려가는 건 위험하긴 했지만 힘들지 않았다.

얼마 지나지 않아 우린 계곡이 있는 곳에 도착했다. 우린 소년을 내려놓고 물을 먹여줬다. 그 후 우리가 물을 마시던 중, 물 건너편에서 무언가 바스락거렸다. 물소리 때문에 제대로 들리진 않았지만 분명 들렸다. 무언가 거대한 것이 우릴 향해 조심히 걸어오고 있었다. 난 사냥꾼들에게 이 사실을 알려주고 소년을 업었다. 얼마 지나지 않아 다시 바스락 소리가 들려왔다. 우리는 그곳으로 시선을 집중했다. 그러자 그곳에선 노루 한 마리가 뛰어나왔다.

우리가 안도의 한숨을 쉬는 도중, 무언가가 튀어나와 노루를 물었다. 호랑이었다. 우린 깜짝 놀라 무기를 들었다. 호랑이는 그 자리에서 노루를 다 먹었다. 호랑이는 아직 배가 다 차지 않았는지 돌아가지 않고 우리를 바라보았다. 호랑이는 금세 자세를 잡더니 우리를 뛰어올 준비를 했다. 다행히 물 건너편이라 쉽게 오지는 못했다. 그 틈에 사냥꾼들은 호랑이에게 활을 쏘았다. 호랑이에게 상처를 입히긴 커녕, 호랑이는 활을 맞고 화가 난 듯 물을 건너 뛰어왔다. 난 빠르게 뒤로 도망갔고, 사냥꾼은 활을 쏘아댔다. 호랑이는 물을 건너자마자 대장 아저씨를 향해 달려갔다. 대장 아저씨는 급하게 자세를 잡고 총을 쏘았다. 총알은 아쉽게 빗나가 호랑이의 어깨를 맞췄다. 호랑이는 고통스러운 듯 잠시 움칫했다. 그 사이 사냥꾼들은 다시 호랑이에게 활을 쏘아댔다. 그러자 호랑이는 이성을 잃고 대장 아저씨에게 달려갔다.

대장 아저씨는 급하게 조총을 장전했다. 대장 아저씨와 호랑이의 거리가 가까워질수록 내 마음은 조급해져 갔다. 난 급하게 소년을 내려놓고 아저씨 쪽으로 달려갔다. 난 대장 아저씨를 밀쳤다. 아슬아슬하게 둘 다 피할 수 있었다. 하지만 금세 호랑이는 이쪽을 돌아보았고, 내가 밀친 탓에 조총이 저 멀리 날아가 있었다. 대장 아저씨는 우리 모두에게 도망치라고 소리쳤다. 난 울먹거리며 대장 아저씨를 바라보았다. 대장 아저씨는 이런 상황에서도 나를 보곤 웃으며 어서 가라고 말했다. 난 뒤를 돌아 달렸다. 총이 있는 곳으로. 총을 쏴 본 적은 없지만, 대장 아저씨가 쏘는 것을 본 걸로 충분히 가능성 있었다. 난 자세를 잡았다. 그러자 호랑이는 잠깐 멈칫하더니 대장 아저씨를 지나치고 나에게 뛰어왔다. 조금만 기다리자. 셋, 둘, 하나. 난 침착하게 방아쇠를 당겼다. 탕! 달려오던 호랑이는 머리에 총을 맞고 내 앞에 쓰러졌다. 아슬아슬했다. 난 다리에 힘이 풀려 넘어졌다. 조금의 정적이 흐르고 사냥꾼들은 환호를 지르며 나에게 뛰어왔다. 단 한 명의 희생자도 없이 호랑이를 잡았으니 당연한 걸지도 모르겠다. 호랑이를 단번에 죽이다니 총의 위력은 대단했다.

 우린 호랑이의 사체를 이끌고 마을로 내려갔다. 마을에 내려가니 마을 사람들이 다 같이 몰려와 호랑이 사체를 구경하였다.

 나는 바로 소년을 안고 의원에게로 달려갔다. 소년은 여전히 깨어날 기색을 보이지 않고 있었다. 의원에게 도착해 소년을 보이니, 한참을 살펴보고서는 치료할 수 있다고 말했다. 하지만 무언가 필요하다고 하였는데, 바로 천마였다. 천마는 마목을 치료하는 약초이다. 높은 산에서 자라고, 고구마와 마를 닮았다고 한다. 들어보니 이 주변 산에선 천마를 볼 수 없어 의원도 천마를 가지고 있지 않다고 한다. 그래서 난 천마를 찾기 위해 여행을 떠나기로 하였다. 난 아저씨에게 이 소식을 전했다. 내일 아침에 출발해서 아저씨의 집에서 하룻밤을 더 묵었다.

 아침에 일어나 떠날 준비를 하고 있으니 아저씨가 급하게 와 짐을 주었다. 활과 화살, 돈 등 필요한 물건을 넣은 짐보따리였다. 난 아저씨에게 감사하다고 말한 후 길을 나섰다.

 일단 머물 곳을 찾기 위해 지도를 살폈다. 이 마을 근처엔 대략 3개의 마을이 있었는데, 그중 가장 가까운 마을로 향했다. 한참을 걷던 중, 난 한 무리와 마주쳤다. 관군이었다. 다가가 어디로 향하냐 물어보니 내가 가던 마을로 가고 있다고 하였다. 난 관군들이 왜 이 마을에 가나 궁금해 물어보니 관군들은 남은 왜군 잔당들을 소탕하고 그에 당한 마을을 조사하기 위해 파견되었다고 한다. 난 혹시 이곳에서 무언가 찾을 수 있지 않을까 해서 관군들에게 동행해도 되겠냐고 묻자, 관군들은 흔쾌히 받아들였다.

약 4시간을 걸어가니 마을이 보였다. 아니, 마을이라고 하기엔 뭐한 처참한 장소였다. 시체가 널려있었고 집과 바닥엔 피가 흩뿌려져 있었다. 온 마을이 빨갛게 물들어져 있었다고 해도 과언이 아닐 정도였다. 매우 잔인해 앞이 보이지 않을 정도로 머리가 핑 돌며 속이 울렁거렸다. 그 순간 내 머릿속에 과거의 기억이 떠올랐다. 내가 예전에 경험했던 생생한 기억이었다. 내 바로 앞에 펼쳐진 풍경같이 마을은 빨갛게 물들어 있었고, 난 그 풍경으로부터 도망치고 있었다. 나의 어머니로 보이는 사람이 나를 안고 말했다. 얼른 가라고, 도망쳐서 살아남으라고. 난 내 친구의 손을 잡고 마구 뛰었다. 발에 상처가 나든 숨이 차든, 무사들이 우릴 쫓아오든 계속 뛰었다.

그게 내가 처음으로 떠올린 기억이었다. 온몸에서 힘이 빠졌다. 한동안 그 충격에서 벗어날 수 없었다. 이상함을 느낀 병사

하나가 괜찮냐고 물어봤다. 답이 없자 그 병사는 내 어깨를 흔들어댔다. 다행히 난 정신이 들었고, 그 자리에서 일어날 수 있었다. 그 순간 의식을 잃은 소년이 떠올랐다. 그가 내 친구가 맞았구나. 그도 살아남았구나. 다행이다 생각했을 때 목숨을 잃은 어머니와 가족들이 생각나 다시 가슴이 아팠다. 이제 난 어떻게 해야 할까. 답은 한 가지였다. 그 소년을, 내 친구를 위해, 천마를 구하는 것. 그리고 친구에게로 돌아가는 것. 하지만 그전에 내가 살던 마을에 가고 싶었다.

난 관군에게 내가 살던 마을의 위치를 물었다. 지도엔 나오지 않을 만큼 작은 마을이었기 때문이다. 그래서인가 관군들도 마을의 위치를 아는 것 같지 않았다. 그때, 내 정신을 차리게 해준 병사가 다가와 위치를 알려주었다. 그 병사가 살던 곳 바로 옆에 있던 마을이라 위치를 알고 있었다고 한다. 난 곧장 그 마을로 향했다. 조금 멀었지만 걸어갔다. 내가 겪었던 사건에 비해 아무것도 아니었기에.

약 이틀 만에 마을에 도착했다. 역시 내 기억 속 그대로였다. 거기에 시체 더미가 더해졌을 뿐이었다. 그럴 뿐이었다. 내 눈엔 눈물이 고였다. 너무 슬퍼서 울음을 참을 수 없었다. 한참을 울던 난 눈물을 닦고 일어났다. 난 집 안에서 삽 하나를 꺼내

들었다. 그리고 난 땅을 팠다. 구덩이가 몇십 개에 이르도록. 그리고 시체 한 구, 한 구를 다 묻어주었다. 그리고 난 하나의 무덤 앞에 앉았다. 진짜로 보내는 것이 두렵고 슬퍼 쉽게 자리를 뜰 수 없었다. 하지만 내 친구는 아직 살아있다. 아직 살 수 있다. 빨리 가야만 한다. 어머니도 내가 훌훌 털어버리고 일어서길 원하시겠지. 가자. 천마를 찾으러, 친구를 구하러.

　나는 마을에 온 후 내 기억의 일부를 되찾았다. 내가 기억하기론 이 산엔 여러 약초가 많이 자랐던 걸로 기억한다. 이 마을엔 다른 마을보다 약초꾼이 많았으니까. 그래서 난 일말의 의심도 없이 바로 산을 올랐다. 만약 여기에 없더라도 난 계속 산을 찾아다닐 것이다. 난 천마를 찾으며 산을 오르던 중, 다리가 아파 잠시 앉아 쉬려고 했다. 쿵! 나무에 앉자 나무가 파사삭하며 부서졌다. 썩은 나무였다. 옷을 털며 일어나는데 바로 옆에 천마가 있었다. 천마! 내가 그리 찾던 천마가 눈앞에 보이니 난 매우 조급해졌다. 손이 떨리고 가슴이 쿵쾅거렸다. 모든 행동이 빨라진 기분이 들었다. 난 급하게 손으로 땅을 팠다. 조금 파니 천마의 뿌리가 보였다. 난 천마를 몇 개 캐 망태기에 넣었다. 드디어 내 친구를 깨울 수 있다. 난 마구 뛰는 가슴을 부여잡고 산에서 내려갔다. 산 아래에 도착하니 하늘엔 노을이 졌다. 난 급하게 걸어 내 친구가 있는 마을로 향했다. 달이 떠오를 때쯤, 앞에 초가집 하나가 보였다. 문을 두드리니 한 할머니가 나왔다. 내가 하룻밤을 묵고 싶다고 하니 할머니는 흔쾌히 알겠다고 하였다. 난 많이 지쳤는지 방에 들어가 눕자마자 잠이 들었다. 아침에 일어났을 땐 해가 중천에 가까워져 있었다. 난 할머니께 감사를 표하고 다시 길을 나섰다.

약 이틀을 걸으니 마을이 보였다. 이제 조금만 가면 마을에 도착한다. 다리가 터질 듯이 아팠지만 난 마을로 걸어갔다.

난 마을에 도착하자마자 의원을 찾아갔다. 의원은 천마를 갈아서 친구의 입 안에 넣어 먹였다. 아마 바로 깨어나진 못할 거라고 한다.

이제 내가 할 일은 기다리는 것뿐이다. 하루가 가도, 또 하루가 가도, 난 기다릴 뿐이다. 그래서 난 한동안 아저씨의 집에 가 지내기로 했다. 아저씨는 여전히 날 친절히 대해주었다. 그렇게 내가 마을에 돌아온 지 6일이 지났을 무렵, 내 친구가 일어났다.

난 그 소식을 듣자마자 친구에게 달려갔다. 그러자 그는 날 보고 말했다.

"석헌아!"

오랜만에 듣는 내 이름이었다. 그래, 김석헌. 그게 내 이름이었다.

나도 그의 이름을 부르며 달려갔다.

"남현아!"

나는 기쁜 마음으로 남현이를 안았다. 남현이는 잠깐 무언갈 생각하더니 울음을 터트렸다. 나도 그 기분을 알았기에 남현이를 다독여주었다. 남현이가 울음을 그치자 난 남현이에게 지금까지 겪었던 일들을 말해주었다. 그러자 남현이는 우리 둘만 살아남았다는 걸 직시한 걸로 보였다. 그는 약간 허망한 표정을 지었다. 난 그 허망함을 채워주고자 이야기를 시작했다. 이곳에서 깨어난 것부터 내가 호랑이를 잡은 이야기, 우리가 살던 마을에 갔던 이야기 같은 이야기들을.

우린 살아남았다. 우리의 이야기는 아직 끝나지 않았다. 과거에 갇혀 사는 짓 따윈 하지 않을 것이다. 물론 남현이도 그렇게 되게 두진 않을 것이다. 그러니 난, 우리는 나아갈 것이다. 우린 그럴 수 있을 것이다.

▽ 코 코

어둡고 천둥 번개가 치는 날 회사에서 퇴근한 강우가 골목길에 들어섰다. 어둠 속에서 낑낑대는 소리가 들리는 상자가 보였다. 강우는 상자에 다가가서 안을 들여다보았다. 그 안에는 웅크리고 있는 새끼 고양이가 있었다.

강우는 고양이를 뚫어져라 쳐다보다가 한숨을 쉬고는 집으로 발걸음을 옮겼다. 한걸음. 두 걸음. 강우는 집에 도착하여서 씻은 다음 머리가 다 마르지도 않은 채 침대에 누웠다. 그러고는 생각이 빠졌다. 아침을 먹을 때. 회사에서 일할 때. 퇴근할 때…. 고양이가 상자에 있었을 때... 강우는 '고양이'라는 단어가 생각났을 때 침대에서 벌떡 일어서서 재킷을 입은 뒤 빠르게 밖으로 나가서 뛰어갔다.

'내가 왜 그 고양이를 두고 왔을까. 집으로 데려오거나 보호센터에 데려다주면 그 고양이는 비를 더 이상 맞지 않았을 텐데.'

강우는 곧 골목길에 들어섰다. 서둘러서 상자 안을 들려다 봤다. 다행히 새끼 고양이는 비를 좀 맞았을 뿐 아파 보이지는 않았다. 강우는 그 고양이를 자기의 품속에 넣은 뒤 집으로 향했다. 집에 도착해서 강우는 고양이를 세숫대야에 넣고 씻겼다.

"원래 고양이들은 물을 싫어한다던데 다행히 좋아하네?"

고양이는 그릉거리며 좋아했다. 고양이를 씻긴 후에 담요 위에 올려주었다.

"이제 보니 검은색 고양이네?"

강우는 내일 할 일을 생각한 뒤 침대에 누워서 잠들었다.

다음날 강우는 새끼 고양이를 동물보호센터에 데리고 갔다. 가서 건강검진도 받고 상처를 치료하고 검사를 마친 뒤에 의사 선생님을 찾아갔다.

"좀 많이 다친 것 같아요. 지금은 상처가 많이 아물었지만, 누군가 고양이에게 날카롭거나 뾰족한 물건들을 던지거나 찌른 흔적이 있어요."

"얼마나 아팠을까…."

"아이고... 마지막 치료는 마쳤으니깐 걱정은 크게 하지 마세요. 그런데 아마, 마음의 상처가 있을 테니 잘 돌봐야 할 겁니다."

"아... 네. 감사합니다."

강우는 감사 인사를 하고 동물보호소 밖으로 나왔다. 강우는 고양이를 보면서 자신이 키워야겠다고 생각하고서는 집으로 갔다. 집에 도착한 강우는 먼저 고양이의 이름을 지어주기로 한다.

"음... 나비? 아니야 깜장이? 아니야 너무 성의가 없는 것 같잖아 흠...코코..? 코코 좋다!"

고양이의 이름을 정하자마자 바로 고양이 목줄을 주문하러 갔다. 잠시 후 고양이 목줄을 가지고 와서는 코코의 목에 걸어주었다. 그 목줄 가운데에는 coco라고 적혀있었다. 다음날 강우는 일찍 일어나서 고양이 전용 용품을 사러 반려동물 용품 판매장에 갔다. 반려동물 용품점에는 처음 와본 강우는 뭘 사야 할지 몰라서 두리번거렸다.

"뭐 필요한 거 있어요?"

마침 지나가시는 사장님께서 강우에게 말을 건네셨다.

"반려동물 용품 판매장은 처음이라서 뭘 사야 할지 모르겠어서요..."

"어떤 동물과 함께 살아요?"

강우는 당연하게도 고양이라고 말했다. 사장님은 강우의 말이 끝나자마자 강우를 어디론가 데려갔다. 사장님은 친절하게 고양이에게 필요한 용품들을 천천히 알려주셨다. 고양이 모래, 고양이 침대, 캣 타워 등등. 강우는 사장님이 알려주신 용품들을 전부 샀다.

강우는 집에 도착해서 고양이 모래를 깔고 캣 타워도 설치하고 고양이 침대도 설치했다. 강우는 코코를 고양이 침대 위에 놓자 코코가 좋아해서 강우는 기뻐하면서 맛있는 밥도 먹고 잠자리에 들었다.

4년이 지난 후 강우는 수민과 결혼을 하게 되었다. 강우의 결혼을 축하하기 위해 친구들이 모였고 식당에서 음식을 주문하고 함께 수다를 떨었다.

"아내의 집으로 이사 갈 생각인데 내가 고양이를 키우거든? 근데 아버님과 어머님께서 고양이를 싫어하신다는데 어떻게 하냐."

"그럼 어머님, 아버님을 잘 설득시켜봐."

그날 강우는 친구들과 헤어진 뒤 밤 늦게까지는 코코를 어떻게 해야 할지 고민하고 또 고민했다.

다음 날 강우는 수민의 집으로 이사를 할 준비를 했다. 필요

없는 물건들은 버리고 마트로 가서 필요할 것 같은 물건들을 사고 그러면서 이사 준비를 하다가 강우는 심각한 고민에 빠졌다. 만약에 수민의 어머니와 아버지께서 싫어하시면 코코를 어떻게 할지 여러 가지 경우의 수를 생각해봤다. 만약을 대비해서 임시 보호처를 수소문해두기도 했다. 다행히 순하고 사랑스러운 검은 고양이를 예뻐해 주는 사람이 있었다. 수민의 어머니, 아버지께서 코코를 너무 싫어하셔서 코코를 떠나 보내도 코코는 계속 좋은 삶을 이어갈 수 있겠지...

일주일 후 드디어 강우와 수민이 이사를 하는 날이 되었다. 이삿짐센터를 불러서 이삿짐을 옮겼다. 도착해서 이삿짐을 집 안으로 옮기고 있을 때 수민의 어머니는 요리하시고 계셨고 아버지는 강우와 수민이 쓸 방을 청소하고 계셨다. 이삿짐을 옮기고 수민과 강우가 살 공간이 마련되었다. 이사를 마무리한 뒤에 강우는 코코를 데리고 왔다.

"고양이도 함께 산다고? 이런 말은 없었잖아. 심지어 검은 고양이라니. 고양이와 함께 사는 것은 다시 생각해보렴."

수민의 어머니, 아버지는 화를 많이 내셨다. 수민의 어머니, 아버지께서 고양이를 싫어한다는 이야기를 수민한테 들었을 텐데 고양이를 기르고 있다는 사실을 숨겼다는 게 가장 큰 이유였다. 코코와 보낸 시간에 대해 한참을 말씀드렸다. 코코와의 첫 만남을 듣고는 어머님께서 조금 눈물을 훔치셨다. 코코에 대한 강우의 마음이 어머님과 연결된 순간이었다.

수민의 어머니와 아버지께서 코코를 가족으로 받아들이는 데 꼬박 한달이 걸렸다. 한달이 지난 지금은 코코를 누구보다 사랑하신다. 두 사람은 코코를 데리고 여러 가지 예방주사를 맞히셨다.

"이놈들아! 이 귀한 코코에게 예방주사도 안 맞히냐?"

강우와 수민은 열심히 변명했지만, 수민의 어머니와 아버지께는 통하지 않았다. 잠시 후에 수민의 어머니께서 저녁을 먹으라고 강우와 수민을 부르셨다. 강우와 수민은 방에서 내려와서 식탁에 앉았다. 식탁에는 산해진미들로 요리된 음식들이 한가득 있었다. 강우와 수민은 맛있게 식사를 했다.

"우리 코코도 많이 먹어라"

수민의 어머니는 코코에게 츄르를 한가득 주셨다. 우리는 식탁에서 일어나서 코코를 씻기고 강우도 씻고 나서 잠자리에 들었다.

2년 후에 수민은 아윤이라는 예쁜 여자아이를 낳았다. 아윤이는 예정일보다 빨리 태어나서 인큐베이터에 2개월 정도 있었어야 했다. 2개월 후에는 드디어 강우는 아윤이를 처음 안아 볼 수 있었다. 아윤이를 멀리서 본 적은 있었지만 안아 본 적은 처음이라서 너무나 기뻐했다.

코코도 아윤이를 좋아해 주었다. 코코가 아윤이를 물끄러미 바라보면서 꾹꾹이를 하는 모습, 아윤이 옆에서 잠든 모습이 그렇게 평화로워 보였다. 이렇게 시간이 지나서 아윤이는 성인이 되어 결혼도 하고 수민의 어머니와 아버지는 다행히 아윤이의 자식을 보고 세상을 떠나셨다. 수민의 어머니, 아버지의 장례식장에서 수민이는 한없이 울었지만, 아직 자신이 해야 할 일이 있다면서 금방 이겨냈다.

수민과 강우는 이제 할머니, 할아버지가 되었다. 사회에 큰 도움이 되지는 못했어도, 코코 말고도 아픈 고양이들을 돌보는 다정한 노인이 되었다. 길고양이들을 돕는 사람들을 후원하고 모임에도 가끔 나가서 사람들이 동물과 더 좋은 관계를 맺을 수 있도록 응원했다. 코코를 만난 후, 다른 생명을 돕는 일을 하는 삶을 살게 된 것이다. 코코는 나이가 들어 세상을 떠났다. 코코는 마지막에도 다른 고양이들을 돌봐주는 멋진 녀석이었다.

강우는 코코가 데려온 고양이들을 자신의 목숨이 다할 때까지 정성껏 돌봤다. 강우는 때로는 코코가 너무나 보고 싶었지만 그럴 때마다 항상 이겨내고 수민과 함께 열심히 고양이들을 돌봤다.

몇 년 후 강우와 수민은 병원에 입원했다. 나이가 들어서 몸이 많이 약해졌고 약을 먹으며 버텨야만 했다. 아윤이와 아윤이 자식들이 찾아와서 강우에게 마지막 바람을 물어 보았다. 강우는 웃으며 답했다.

"고양이들을 잘 돌봐주렴."

강우는 마지막 말을 마친 후 편히 눈을 감았다. 강우는 자신의 자식들과 손녀들이 고양이뿐만 아니라 다른 동물들도 사랑해 주기를 바랐을 뿐이었다.

▽ 폴 짝 이

조용국

　엄마와 아이는 지리산 둘레길을 걷다가 너른 울타리에서 지내는 닭 가족을 보았다. 한쪽에는 막 태어난 병아리들도 있었다. 아이는 병아리를 보며 엄마한테 사달라고 했다. 일단 엄마는 병아리는 사고파는 게 아니라고 혼냈다. 그러면서도 닭과 함께 사는 일이 흔하지는 않지만 집에 너른 마당이 있어 불가능한 것은 아니겠다는 생각이 들었고 홀로 크는 아이에게도 동무 하나 만들어주는 것도 괜찮겠다고 생각해서 입양을 할 수 있는지 농장 주인께 물어보기로 했다. 단, 아이에게 닭과 함께 지내는 일은 공부가 많이 필요한 일이니 함께 잘 돌보자고 여러 번 약속을 받았다. 예상했던 대로 농장 주인은 병아리는 절대 팔 수가 없다고 했다. 엄마는 알을 가져가서 부화를 시켜도 되겠냐고 다시 물었고 머뭇거리던 아저씨는 알을 내어주었다. 엄마와 아이는 정성껏 알을 부화시켰다.

톡톡. 껍질을 치는 소리가 들리다가 잠시 후 껍질 조각이 떨어지기 시작했다. 두세 시간 정도 조금씩 조금씩 껍질을 깨던 병아리가 드디어 세상에 나왔다. 알에서 태어난 병아리는 특이하게도 회색털이었다. 하루가 지나니 병아리 모습을 갖춰가기 시작했다. 혹시 추울까 더울까 걱정하면서 정성껏 보살폈다. 다행히 병아리는 아픈 곳 없이 무사히 자랐다. 병아리가 밖을 다녀도 될 정도가 되었을 때부터는 함께 밖을 다니기 시작했다.

아이는 병아리와 같이 주변 공원에 산책을 하러 갔다. 공원에 와서 병아리와 뛰어놀고 간식을 주고 미끄럼틀도 같이 타고 했다. 벌써 저녁이 되었다. 하지만 아이는 병아리와 더 놀고 싶어서 그냥 모른 채 했다. 이번엔 병아리와 모래성 쌓기 놀이를 했다. 아이가 손을 넣고 살살 구멍을 뚫었다. 계속 뚫자 아이 손 두 개가 들어갈 정도의 공간이 생겼다. 그러더니 병아리가 갑자기 그 공간에 들어갔다. 아이는 고개를 숙이면서 병아리를 보았고. 너무 귀엽다고 생각했다.

"아, 맞다. 그러고 보니 이름을 안 지어 줬네."

"뛰어 다니는 걸 좋아하고 점프를 많이 하니까 폴짝이로 하자."

이름을 짓고 나니 해가 완전히 저물었다. 아이는 곧장 폴짝이를 껴안고 집으로 달려갔다. 아이는 다행히 엄마한테 들키지 않고 집에 들어와서 식탁에 있는 반찬들과 밥을 먹었다.

밥을 다 먹은 뒤 아이는 폴짝이와 장난감 놀이를 하고 책도 읽었다. 그것은 동물 책이었다. 그 책에는 여러 동물이 있었다. 그중에서 오리와 타조가 제일 기억에 남았다. 왜냐하면 아이 집 병아리와 생김새가 오묘하게 비슷하게 생겨서이다. 아이는 '설마 아니겠지.'하고 폴짝이 옆에 누워서 잠을 잤다. 이상하게 도 꿈에서 폴짝이가 커서 몸은 타조인데 얼굴은 오리로 되는 꿈을 꾸었다. 그게 너무 충격이었는지 아이는 갑자기 일어나 다시 폴짝이를 보았다.

아침이 밝았고, 폴짝이는 식탁에 일어서서 땅을 쪼개고 있었다.

'휴, 다행이다. 이게 꿈이어서.'

아이 집에서 학교까지 걸어갈 정도로 가까웠다. 일찍 일어나 서 밥을 먹고 학교 갈 준비를 하고 병아리의 표정을 보니 너무

외로워 보였다. 아이와 떨어지기 싫어하는 표정이었다. 그래도 어쩔 수 없이 문을 열고 집 밖을 나갔다.

　학교에 도착한 뒤에 아이는 친구들에게 폴짝이를 자랑했다. 친구들은 아이 말을 듣고서는 엄청 좋아했다.

"병아리는 귀여워?"

"응, 당연하지."

"나도 다른 동물과 함께 살고 싶다."

"병아리 사진 좀 보여줘."

"이름이 뭐야?"

"이름? 이름은 폴짝이야."

　많은 애들이 말을 걸었다. 점심시간이 되었다. 애들은 점심시간이라고 신났지만... 아이는 아니었다. 폴짝이는 지금쯤 뭐 하고 있을까? 밥은 잘 먹고 있을까? 자기가 없으면 뭘 하고 있을까? 온 생각이 다 들었다.

　며칠 후 아이는 학교에서 닭에 대해 배웠다. 닭이 몇 년 사는지 닭이 사는 곳은 어딘지 사는 곳에는 어떤 특징이 있는지 닭은 어떤 걸 먹는지 등 닭의 삶에 대해서 알게 되었다. 평균 야생 닭은 13~15년 정도 산다. 닭이 먹는 건 지렁이 등등이 있다. 근데 요즘에는 달걀을 팔거나 닭고기로 돈을 벌려고 공장식 축산의 방식으로 케이지에서에서 닭을 키운다. 여기저기 달걀을 주으러 다니기 힘드니까. 그 좁은 곳 A4용지 하나 크기에 닭을 넣고 키운다. 사육공간이 매우 좁다 보니 흙 목욕을 하는 닭들에게는 큰 스트레스를 준다고 하고 스트레스 때문에 닭들끼리 서로를 쪼아대니까 병아리 때 부리를 마취 없이 달군 쇠로 끝부분을 절단한다. 그리고 달걀을 계속 낳게 하기 위해 24시간 내내 조명을 켠다. 나는 그런 수업내용을 듣고 닭들의 생활이 얼마나 힘든지 알게 되었다.

저녁밥을 먹으면서 가족들에게 오늘 학교에서 배운 닭에 관한 정보들에 대해서 말해주었다.

"아, 응응."

"오, 그렇구나."

아빠는 별로 신경을 쓰지 않았고, 엄마도 오늘은 무슨 일이 있는지 조금 성의 없게 대답했다. 아이는 두 분 다 대충 들으시는 것 같아서 그냥 폴짝이 하고 방안으로 들어 가서 일찍 잠들었다.

다음 날 아침 아이는 학교 갈 준비를 마치고 폴짝이와 인사를 하며 학교로 갔다. 학교를 가던 중 폴짝이를 학교에 데리고 가겠다고 결심을 했다. 다시 집으로 돌아와서 폴짝이를 데리고 학교까지 갔다. 학교에서 애들한테 폴짝이를 소개하니까 애들은 너무 귀엽다며 폴짝이를 쓰다듬어줬다. 선생님이 들어오시고 나서 아이는 폴짝이를 종이 상자 안에 넣어 놓고 수업을 했다. 계속 들킬 것 같아서 불안불안 했지만 다행히 들키지 않았다. 점심시간이 되고 아이는 폴짝이를 두고 빨리 밥을 먹고 왔다.

"폴짝아 어디 있니? 얼른 나와."

폴짝이는 아무런 대답이 없었다. 그러자 아이는 박스를 열어 보았지만 폴짝이는 보이지 않았다. 아이는 점심시간 내내 폴짝이를 찾으러 다녔다. 체육관 뒤쪽에도 가보고 급식실에도 가보고 했지만 폴짝이는 보이지 않았다. 결국 폴짝이를 찾지 못하자 폴짝이 생각이 나서 수업 시간에 집중을 하지 못했고 선생님한테 혼나기까지 했다.

수업이 끝나고 친구들과 폴짝이를 더 찾아보았다. 어디에도 폴짝이는 없었다. 아이는 폴짝이를 찾지 못해 너무 기분이 우울했다. 그걸 본 친구들은 같이 위로를 해주며 아이를 집 앞까지 데려다 주었다. 아이는 기운 없이 집에 들어왔다가 다시 마당으로 나가려고 할 때였다. 아이는 폴짝이가 자신을 향해 달려오는 것을 보았다. 아이는 폴짝이를 보며 사라진 게 아니었다는 것에 눈물을 흘리며 폴짝이를 안았다. 기분이 너무 좋았다. 근데 지금 생각해보니까 처음에 박스 안에만 있어서 그런지 스트레스를 받아서 혼자 간 게 아닐까 생각이 들었다.

폴짝이를 다시 만나서 무척 반가웠다. 아까부터 아빠는 집 마당에서 무엇을 만드는 듯 몇 시간 째 밖에 있었다. 아이는 숙제를 하다가 아빠가 부르는 소리에 밖으로 나갔다. 마당에 닭장이 있었다.

아이는 아빠가 폴짝이를 위해서 닭장을 만든 게 아니라 폴짝이가 집안을 계속 어지를 것 같아서 만든 것 같다고 생각했다.

"우와~ 잘 만들었다."

아빠는 아이의 말을 듣고 흐뭇하게 웃었다. 그러고 나서 아빠는 폴짝이를 잡아 닭장에 넣으려고 했다. 아이는 아빠를 말렸다. 폴짝이가 좁은 공간에 들어가면 불편해 할 것 같다는 생각이 들었기 때문이다. 아이가 갑자기 말리자 아빠는 버럭 화를 내며 말했다.

"닭이 지금 우리 집을 난장판을 해놨는데 좀 닭장에 냅두자."

"아, 그러면 밤까지만 아니 자기 전까지만이라도 제발."

아이는 아빠한테 애원하며 부탁했다. 그러자 아빠는 알겠다며 자기 전에는 꼭 아빠한테 말해달라고 했다.

아이는 다행이라고 생각한 후 폴짝이랑 놀러 방에 갔다. 얼마 지나지 않아 벌써 아이가 잠을 자야하는 10시가 되었다. 아이는 어쩔 수 없이 아빠한테 이제 잔다고 말을 했다. 아빠는 폴짝이를 조심스럽게 닭장에 넣어놨다. 아이는 어쩔 수 없이 아침 일찍 폴짝이와 놀아야겠다고 생각하고 빨리 잠에 들어버렸다. 근데 자면서 개 짖는 소리가 들렸다. 아이는 시끄럽다고 생각하고서는 그냥 이불을 한껏 끌어 올려 덮고 잤다.

아침에 일찍 일어나서 닭장에 갔다. 근데 이상하게 닭장에 폴짝이가 안 보였다. 아이는 심장이 빨리 뛰는 것을 느꼈다. 문을 열고 닭장 안을 전부 찾아봐도 폴짝이가 보이지 않았다. 아이는 폴짝이가 사라졌다고 아빠에게 말했다. 아빠도 놀라는 듯 벌떡 일어나면서 닭장에 갔다. 그 행동을 보고 아이는 어제의 아빠와 많이 달라졌다고 생각했다. 분명히 어제의 아빠는 닭을 싫어하는 듯 보였는데 닭이 사라졌다고 하자 갑자기 일어나면서 확인하는 게 조금 미웠다. 아이는 폴짝이가 그 좁은 닭장에서 스트레스 받고 불편해서 나갔나 생각을 했다.

3장

책 읽어주는 사람

신현보,

다른 동물에게 관심을

어떤 사랑이건

연대를 잘하려면

김기훈,

운 만큼 강해지는 존재들

우리 모두 무사히 할머니, 할아버지가 되어 정세랑 할머

니 모셔다가 수다나 떱시다

다른 동물들과 새로운 관계 맺기

▽ 다른 동물에게 관심을
: <샬롯의 거미줄>을 읽고

신현보

"아빠는 도끼를 들고 어디 가시는 거예요?"

주인공 펀의 질문으로 이야기는 시작된다. 펀의 집에서 새끼 돼지가 태어났는데, 첫째는 너무 약해서 필요 없다는 이유로 펀의 아빠가 죽이려 했다. 그걸 들은 펀은 화를 냈다. 결국, 펀의 엄마는 새끼 돼지를 키우게 해준다. 펀은 돼지를 지극정성으로 키운다. 돼지의 이름은 윌버로 짓는다. 시간이 지나 윌버가 너무 커져서 삼촌에 농장으로 보내기로 했다. 농장에서 지내던 윌버는 어느 날 농장 구석에서 나는 목소리를 들었다. 그 목소리는 샬롯이라는 거미의 목소리였다. 말동무가 생긴 윌버는 전보다 재밌게 지낸다. 윌버는 늙은 양한테 크리스마스쯤에 자신이 죽는다는 소식을 듣고 울고 있는데 샬롯이 자신만 믿으라 한다. 얼마 후 펀의 삼촌이 윌러를 먹으려 할 때 샬롯의 거미줄에 '대단한 돼지'라고 쓰여 있었고 그걸 본 펀의 삼촌은 윌버를 돼지 품평회에 내보내기로 했다. 품평회에 나간 윌버는 1등을 하게 된다. 품평회에 같이 간 샬롯은 품평회장에서 알을 낳고 세상을 떠났다. 얼마 후 샬롯의 알에서 거미들이 태어나고 끝이 난다.

이 책을 읽으니 지구에 함께 살고 있는 동물들이 생각났다. 많은 돼지는 사육장에서 키워지고 도축장에서 죽기 때문이다. 돼지뿐만 아니라 소, 닭들도 사육장에서 살고 있다. 통계청 자료에 따르면 올해 전국에는 5,951가구에 사육장이 있다. 여기에 사는 돼지들은 11,169,120마리나 있다. 이렇게 많은 돼지가 스톨이라는 움직이지도 못하는 좁은 공간에서 답답하게 살아간다. 닭과 소도 마찬가지다. 돼지 사육장은 햇빛도 전혀 들어오지 않는다. 역시 위생 상태는 매우 심각하다. 그거와 비교하면 윌버는 펀에게 보살핌도 받고 햇빛이 들고 깔끔한 환경에서 산다. 그리고 많은 동물과 함께 산다. 그래서 윌버는 행복하게 살았다고 생각된다. 하지만 스톨 속 돼지들은 불행한 삶을 보낼 것이다. 돼지 중에는 윌버처럼 사람들의 도움으로 구조가 된 새벽이라는 돼지도 있다. 다른 돼지들은 6개월 만에 죽는 가운데 새벽이는 DxE코리아라는 단체에 구조되어 새벽이생 츄어리에 살고 있으며 현재 2살이 되었다. 생츄어리는 자연환 경과 거의 유사하고 이 곳에 사는 동물들은 넓은 공간에서 평 생 보호받을 수 있다. 새벽이도 이런 생츄어리에 속하는 곳에 서 보살핌을 받고 있다.

이 책의 처음에는 펀의 아빠가 윌버를 도끼로 죽이려는 장면 이 있다. 이 장면을 읽으며 정말 놀랐다. 펀이 말려 다행이라는 생각이 들기도 했다. 아무리 힘이 없고 쓸모없는 돼지라고 죽 이는 것은 나쁜 짓이다. 돼지를 죽이는 것은 하나의 생명을 죽 이는 것이기 때문이다. 만약 우리가 돼지라면 내 가족이 눈앞 에서 갑자기 죽는 거랑 똑같다. 펀이 윌버를 구한 것은 DxE코 리아가 새벽이를 구한 것과 같다고 생각한다. 윌버한테 펀은 영웅일 것이다.

처음에 윌버가 농장에 왔을 때는 외롭고 슬펐다. 그때 샬롯이 나타나 친구가 되어줬다. 이 책에는 윌버와 샬롯이 대화하는 장면이 자주 나오며, 매우 친한 관계가 되었다. 어떻게 윌버와 샬롯은 종이 다름에도 친하게 지낼 수 있을까? 윌버에게 친구가 필요했기에 친해졌을 것 같다. 샬롯도 마찬가지일 것 같다. 이 둘은 절친처럼 서로에게 끈끈한 우정을 느꼈을 것 같다.

이 책에는 거미의 행동과 생김새가 잘 나와 있다. 거미의 다리는 일곱 마디가 있는데 밑 마디, 도래 마디, 넓적 마디, 종지 마디, 종아리마디, 발목마디, 발마디가 있다고 나와 있다. 다리에는 털이 많다고 나와 있다. 한편 샬롯이 거미줄을 짜는 장면이 나오는데, 이 일에 거미가 오랜 시간과 공을 들인다는 것을 알게 되었다. 샬롯은 다른 동물이 자고 있을 때도 거미줄을 만들었다. 그래서 밖에서 거미줄을 보면 함부로 끊지 않아야겠다는 생각이 들었다.

샬롯은 윌버가 사람들에게 죽지 않도록 거미줄에 '대단한 돼지', '근사해' 등을 써넣었다. 그때마다 동네방네에서 사람들이 몰려왔다. 이때마다 농장은 시끄러웠다. 샬롯이 한 일이 효과가 있었다. 하지만 농장이 시끌벅적해진 것이 동물들에게는 좋은 것인가라는 생각이 들었다. 지금 인간이 숲을 시끄럽게 하고 있다. 그래서 동물들이 멸종하고 힘들어하고 있다. 동물을 동물원에 넣어 구경거리가 되게 한다. 동물원을 아무리 자연과 똑같이 만든다 해도 야생에서 사는 동물들에게 그건 동물에게 감옥같이 느껴질 것이다. 그래서 윌버도 처음에 농장에 왔을 때 탈출을 시도했다. 우리는 동물을 가두지 않아야 한다. 동물 원을 당연하게 여기면 안 된다. 죄 없는 사람이 감옥에 갇히는 것과 마찬가지이다.

죽을 위기에 처해 있던 윌버는 펀의 도움으로 행복하게 살게 되었다. 우리도 마음만 먹으면 어떤 동물을 구할 수 있을 것이 다. 우리도 펀처럼 다른 동물들에게 관심을 가지고 살아가며 동물을 위해 행동을 하면 좋겠다.

▽ 어떤 사랑이건
: 전형민, <곰의 부탁>을 읽고

신현보

얼마 전 친구들이 '게이'와 '레즈비언'에 대해 말하는 것을 들었다. 남자랑 남자가 좋아하면 게이인데 여자랑 여자가 좋아하면 뭔지에 관한 이야기였다. 그 얘기를 듣고 있자니 뭔가 기분이 별로였다. 왜 저런 이야기를 할까 하는 생각이 들었다. 그리고 사랑이 뭘까?, 사랑이란 것은 누구에게 인정받아야 하는가? 등 많은 것들이 궁금해졌다.

내가 이번에 읽은 책은 <곰의 부탁>이라는 단편 소설 모음집에 실려있는 '곰의 부탁'이다. 이 작품은 성 소수자의 사랑에 관한 이야기이다. 양과 곰은 서로를 사랑한다. 곰이 나에게 양과 같이 여행을 가자고 제안하며 이야기는 시작된다. 나는 두 사람의 여행에 왜 끼냐며 동행을 거부한다. 그러나 곰의 끈질긴 부탁 때문에 같이 바다로 여행을 가게 된다. 바다로 가는 기차에서 나는 곰과 양이 만났을 때를 회상한다. 곰은 양을 처음 만났을 때부터 반했다고 했다. 그렇게 곰과 양은 사귀게 되었다.

그런데 이 소설의 특징은 성 소수자 이야기를 눈에 띄지 않게 잘 썼다는 것이다. 곰과 양은 서로 보기만 해도 웃으면서 아주 달콤하게 사귄다. 그래서 나는 둘이 이성애자인 줄 알았다. 책을 다 읽고도 그렇게 알고 있었다. 학교 선생님의 설명으로 곰과 양이 성 소수자인 것을 알게 되었다. 그때 상당히 충격이었다. 작가는 성 소수자를 아주 평범하게 생각하고 있거나 그러고 싶은 사람이라는 생각이 들었다. 나는 언제쯤 성 소수자를 평범하게 생각할 수 있을까?

<곰의 부탁>을 읽으니 지금 한국 사회는 성 소수자를 어떻게 생각하는지 궁금해졌다. 내 생각에는 지금 우리 사회는 성 소수자를 밀어내고 차별하는 경향이 있는 것 같다. 평소에 게이나 레즈비언 같은 말을 다른 사람에게 하면 듣는 사람이 기분 나빠할 때가 있다. 왜 기분 나빠할까? 게이와 레즈비언에 대

해 안 좋은 인식이 있는 것 같다. 사람들은 게이와 레즈비언를 욕으로 생각하고 있다. 그리고 한국은 한국은 이성애를 제외한 사랑에 대해 완전히 무시하고 배척하는 것 같다. 그래서 성 소수자들은 더욱더 고립감을 느낀다. 2010년대 중반부터 현재까지의 사건들을 바탕으로 작성한 보고서에 따르면, 성 소수자 학생들은 학교에서 또래 학생과 교사들로부터 괴롭힘과 희롱의 대상이 되는 경우가 있다. 아직도 한국은 성 소수자에 대해 포용적이지 않다. 인접 국가들도 성 소수자의 평등권을 보장하기 위해 조처하고 있다. 한국에서는 아동과 청소년 성소수자들의 인권이 존중되고, 보호받고, 충족되기 위해서는 정부와 학교 당국의 강력한 의지가 필요하다.

한국의 예시를 보니 외국은 성 소수자를 어떻게 생각하는지 궁금해졌다. 아시아에서는 동성 결혼을 인정하는 국가가 대만뿐이지만 세계적으로 보면 30개 가까운 나라들이 동성 결혼을 인정하고 있다. 동성 결혼을 처음 허락한 국가는 2000년 네덜란드이다. 동성 결혼을 인정하는 국가의 절반은 유럽이다. 하지만 우리나라는 사람들의 59%가 동성 결혼을 반대했다. 한국의 경우 동성애 허용에 대한 점수는 2.8점으로 전체 조사 대상 36개 국가 가운데 가장 낮은 5개 국가에 속한 것으로 나타났다.

나는 한국 사람들이 성 소수자에 대한 시선이 바뀌었으면 좋겠고 성 소수자를 인정하고 포용하는 국가가 되었으면 한다. 그러기 위해서는 사람들의 인식이 바뀌어야 한다. 또 정부가 동성 결혼을 인정하고 혐오와 차별에 단호하게 대처하면 좋겠다. 그러면 성 소수자들이 사회에 잘 섞여 살아갈 수 있지 않을까? 어떤 사랑의 방식도 누군가의 허락이 필요하지 않다. 사랑은 사랑이다. 그러니 다양한 모양의 사랑을 하는 사람들이 행복한 세상에서 살기 위해 모두 노력하면 좋겠다.

▽ 연대를 잘하려면
: 천선란, <천 개의 파랑>을 읽고

신현보

얼마 전 아빠의 추천으로 <천 개의 파랑>을 읽었다. 이 책은 최근에 내가 읽은 소설 중에 가장 빠져서 읽은 책이다. 이 책은 경주마 투데이의 등에서 떨어지고 있는 기수 로봇 콜리를 보여주며 시작한다. 콜리는 자신에게 잘못 들어간 학습능력 칩으로 투데이가 아파하는 것을 느낀다. 그래서 투데이를 돕기 위해 첫 번째 낙마를 했다. 이후 완전히 파괴된 콜리는 마굿간 구석에서 연재에게 발견되었고, 콜리는 연재와 지수의 도움으로 수리를 받았다. 콜리는 안락사 직전의 투데이가 다시 경기에서 뛰고 싶어 한다는 것을 알고 투데이를 특별훈련시켰고 마지막으로 투데이와 함께 뛴 후에 두 번째 낙마를 하면서 작품은 끝난다.

나는 주인공들에게서 여럿이 함께하려는 연대감을 느꼈다. 동시에 '왜 이들은 연대감이 생겼을까?', '왜 이들은 연대했을까?', '인간은 연대를 잘하고 있을까?', '인간은 연대할 수 있을까?' 등의 의문이 생겼다. 이제 하나하나 의문을 풀어 볼 것이다.

이 책에는 주인공들이 연대하는 장면이 매우 많이 나온다. 첫 번째는 콜리가 투데이의 등에 타서 투데이와 연결되었을 때다. 그때 콜리와 투데이는 교감을 하고 호흡을 맞춘다. 콜리와 투데이는 6개월 동안 연대하며 호흡을 맞추게 된다.

두 번째 연대는 연재와 콜리, 은혜의 연대이다. 연재와 콜리의 연대는 마구간 옆 건초 더미에서 두 사람이 우연히 만나며 시작됐다. 연재가 콜리를 고치며 수의사 덕분에 투데이가 안락사당한다는 사실을 알게 되었다. 연재와 투데이, 그리고 그 사실을 알고 있던 은혜와 투데이를 살리기 위해 연대한다. 그렇게 셋은 함께 투데이를 살린다.

셋째는 연재와 연재의 친구 지수와의 연대이다. 처음에 지수가 연재에게 같이 로봇 대회에 나가자고 하며 찾아왔다. 연재의 반응은 시답잖았다. 하지만 지수가 연재에게 같이 대회에 나가면 콜리의 부품비를 모두 지원해준다며 집요한 부탁을 한 덕분에 연재는 지수와 대회에 나가게 되었다. 대회에 나간 둘은 대회에서 무려 2등을 하게 된다. 이 둘은 준비 과정에서 서로 다른 부분이 많아서 마찰이 있기도 했다. 하지만 둘은 서로를 믿고 연대했으므로 대회를 무사히 마칠 수 있었다.

그런데 주인공들이 어떻게 연대를 할 수 있었을까? 내 생각은 이들이 원하는 것이 같았기 때문이라고 생각한다. 콜리와 투데이는 '같이 끝까지 달리자.'라는 바람이 있었을 것이다. 연재와 은혜, 콜리는 '투데이를 하루라도 더 살게 해주자!'라는 바람이었을 것이다. 그리고 연재와 지수는 마찰이 있었지만 '대회에서 상을 타고 싶고 대회를 무사히 마치자'라는 바람이 있었다. 모두 이렇게 원하는 바가 같으니 연대가 되고 모두에 바람이 이루어졌다고 생각한다.

우리는 연대를 잘하고 있을까? 나는 얼마 전에 9.24 기후정의행진에 다녀왔다. 9.24 기후정의행진은 기후 위기와 기후 불평

등을 알리고 해결하기 위한 사람들이 광화문 일대를 2시간 동안 행진하는 행사였다. 그 행진에 무려 3만 5천 명이 참여했다고 한다. 대열의 끝이 안 보일 정도로 엄청난 인원이었다. 이 행사로 나는 사람들이 이렇게 기후 위기를 심각하게 생각한다는 것을 알게 되었다. 그리고 이렇게 많은 사람이 연대할 수 있다는 것이 매우 놀라웠다.

비슷한 예로 박근혜 퇴진 촛불 집회도 생각났다. 이때도 사람이 어마어마하게 많았다. 그때도 9.24 기후정의행진처럼 많은 사람이 같은 목적으로 모였다. 덕분에 모두가 원하는 목표를 달성했다. 모두가 함께한다면 무엇이든 이룰 수 있을 것이다.

위 상황과는 반대로 연대가 잘 안 될 때도 있다. 사람들이 기후 위기에 대해 목소리를 내고 있지만, 해결이 되고 있지 않다. 9.24 기후정의행진을 할 때 연설하시는 분이 기후 위기는 대기업들이 만든 문제라고 하셨다. 그것을 들으면서 대기업과 시민은 기후 문제를 해결하기 위해 연대를 하지 않는다는 것을 알게 되었다.

내 생활 속에서도 연대가 안 되어 싸우는 일도 있었다. 예를 들면 내 친구와 영상을 편집할 때 서로 미루고 각자의 생각을 존중하지 않아 싸운 적이 있다. 이때 내가 좀 더 존중하고 친구를 생각하면 싸우지 않았을 것 같아서 좀 후회가 되기도 한다.

그럼 위에처럼 연대를 못 하는 문제를 어떻게 해결할 수 있을까? 이런 문제는 우리가 조금 더 대화하고 서로를 공감하면 해결될 것 같다. 나도 위에 말한 친구와 싸웠을 때도 화내지 않고 대화하니 어느새 화해했다. 그러니 이제 모두가 서로 대화를 하고 공감하며 책 속에 주인공처럼 평화롭고 행복하게 연대하며 많은 문제를 잘 해결해 나가면 좋겠다.

▽ 운 만큼 강해지는 존재들
: 영화 '불량공주 모모코' (나카지마 테츠야)를 보고

김기훈

　로코코 시대*를 꿈꾸며 우아한 삶의 방식을 쫓는 모모코는 짝통과 싸구려에 열광하는 마을 사람들에게는 별난 존재다. 모모코는 아버지가 팔던 짝통 명품을 처분하다가 어딘지 어설프고 과장되며 요란한 폭주족 이치코를 만났다. 이 둘은 모두 개성이 넘치고 매력적인 사람들이다. 이 영화는 세상을 회피하고

---

* 18세기 유럽에서 유행한 복식 스타일 화려한 장식이 중심이었다. 좌우 균형을 깨뜨린 자유로운 형식에 의한 곡선으로 구성되며, 밝고 섬세하며 감각적인 화려한 귀족문화의 성격을 지닌다.(두산백과)

살아가던 주인공이 진정한 친구를 만나 세상으로 나온다는 단순한 구조지만, B급 영화의 옷을 입고도 제법 깊은 생각거리도 선물로 내어준다. 아주 훌륭한 B급. 과장되고 부자연스러운 부분을 잘 견디면 깊은 매력을 느낄 수 있다.

　모모코와 이치코가 지금 사는 모습은 가난, 자녀를 돌볼 능력이 없는 부모, 집단 따돌림 등에서 벗어나기 위해 살아온 삶의 총합으로 만들어졌을 것이다. 이들이 견뎌야 했던 삶이 끔찍하게 느껴지다가도 그런 삶을 혐오만 하는 게 아니라 어떻게든 살아내는 두 사람의 모습이 보였다. 독특해 보이지만 혼자서도 멋지게 사는 사람. 무리를 지어야만 무언가를 할 수 있는 사람보다 스스로 서서 무언가를 해내는 사람. 자신의 상처와 약점을 잘 토닥이면서 반려 불안을 품고 살아가면서도 자기가 믿는 규칙을 지키면서 홀로 서 있는 존재들. 아무도 없는 곳에서 몰래 울지만 울고 난 후에는 운 만큼 강해지는 존재들. 멋있다, 두 사람. 특히 혼자 서 있는 이들을 함부로 평가하고 그럴 수 없다고 생각했다. "네 의견 따윈 필요 없어."라는 특공복 자수에 괜히 뜨끔한 마음이 들었다. 맞아, 이들을 꼰대질할 자격이 있는 사람은 없다. 나는 그냥 응원의 마음이나 전하고 싶다.

·

"괜찮아! 나 지금 왠지 바보 같은 짓이 하고 싶어!"

그게 자기 자신이 되는 일이라면 뭐가 대수인가. 할지 말지 고민이 되면 일단 하고 실패해보는 삶이 좀 더 낫다고 생각한다. 선을 한 번 넘는 게 힘들지 두 번째부터는 첫 시도가 바로 용기가 된다. 이런 '바보 같은 짓들'이 더 많아져서, 세상에 균열이 생기고, '바보 같지 않게 되는 시대'가 되기를 바란다.

한편 이런 시대를 꿈꾸기 위해서는 바보 같은 짓들을 안전하게 할 수 있는 피난처를 곁에 두는 것이 중요하다. 모모코와 이치코도 서로에게 비빌 언덕이 되어 '왠지 바보 같은 짓들'도 해낼 수 있었다. 기후-생태위기 시대를 살아가는 우리들에게도 이런 피난처들이 필요하다. 일종의 생존 기술이다. 서로 돌보는 다정한 사회를 우리가 만들어 가면 좋겠다.

이내의 글이 눈에 띄었다. 너무 멋진 말이라서 눈에, 입에, 마음에 꾹꾹 눌러 담아 본다.

"모자란 것 투성이지만 나는 내가 될 수밖에 없다. 지금의 나로부터 배우고 연습해 나가면 된다. 언제나 변화의 길 위에서 살고 싶다. 모자라지만 애써 자기 자신이 되려는 사람들과 만나기도 헤어지기도 하면서.(이내)"

영화 속에서 길어낸 말들

누구나 힘든 일은 있어. 어딘가 아픈 거라고. 그러니까 우는 일은 부끄러운 게 아냐. 그렇지만 여자는 말이야. 다른 사람 앞에서는 절대 울어서는 안 돼. 동정받게 되니까. 울고 싶을 때 이렇게 아무도 없는 곳에서 울어. 울고 난 후에는 운 만큼 강해져라.

배신해버려. 다른 사람의 것이라도 좋다면 빼앗어버려. 아무리 도움을 받았다고 해도 내 행복이 우선이잖아? 사람은 누구나 사람을 배신해. 그렇게 생겨 먹은 생물이야. 배신하는 게 인간이야.

정말 그럴까.
거짓말이야.

팀이라는 이름으로 규율을 강요하다니
그럼 너는 히미코의 꼭두각시인 셈이구나.
모두 사회의 상식이나 규칙이 싫어서
그런 것에서 도망쳐 나와 이렇게 뭉친 거 아니었나?
그런데 지금은 위에서 정한 일이니 이렇게 하라는 등

규칙이니까 지키라는 둥, 우리가 싫어하는 세상이란 도대체 뭐가 다르냐고

자기를 버려야 어른이 되는 거라면 나는 평생 어린애로 있겠어.

이 녀석은, 모모코는 언제나 혼자서 서 있어. 자기가 믿는 규칙을 지키면서. 무리 지어 다니지 않으면 달리지도 못하는 너희 따위와 격이 다르다고. 나도 이제 혼자가 되겠어. 저 녀석처럼.

이 싸움은 우리가 이긴 것으로 해두지

▽ 우리 모두 무사히
할머니-할아버지가 되어
정세랑 할머니 모셔다가
수다나 떱시다
: 정세랑, '시선으로부터'를 읽고

김기훈

　여전히 생태위기의 긴 터널에 갇혀 있는데도, 미래가 아닌 과
거에 머물러 힘 대결에 여념이 없는 비본질적인 말들, 검은 마
음들과 여기서 스며 나오는 악취에 지쳐간다. 그래서 자주 주
저앉게 된다. 어디에서 희망을 찾을 수 있을까. 다행히 '세상이
망가지는 속도가 무서워도, 고치려는 사람들 역시 쉬지 않는다

는 걸 잊지 않'는다는 정세랑 작가의 문장을 알고 있다. 그리고 정세랑 작가의 소설 <시선으로부터,>가 그려내는 부드럽지만 단단한 모계사회가 이 험난한 시절을 살아낼 '대충 희망'이 될 수 있겠다고 생각했다. 그래서 자주 정세랑의 문장과 소설을 꺼내 읽게 된다.

벌써 <시선으로부터,>를 네 번이나 읽었다. 마지막으로 읽을 때는 손으로 한 문장, 한 문장을 옮겼다. 시선에서 시작되어 3대에 걸쳐 이어지는 끈끈한 유대, 신뢰, 연민, 작은 용기와 자잘한 시도들이 참 좋았다. '나는 특별히 용감하지도 않지만 겁쟁이도 아니'라며 '리브 어 리틀. 난 좀 살아볼거야.'를 외치는 우윤의 무수한 실패들과 작은 성공에 함께 기뻐했다.

이 책에서 '오리에게 친절한 사람들이 사람에겐 친절하지 않다는 게 이상하다'는 문장을 읽으며 고개를 격하게 끄덕였다. 10.29 이태원 참사 관련 기사에 달린 혐오 댓글이 생각났다. 상처가 제대로 아물지 않은 채 계속 혐오하는 사회의 반응에 괴로워하던 한 생존자는 세상을 등지기도 했다. 대구의 이슬람 사원 건축 현장 주변 주민 일부는 돼지머리를 전시하고 심지어 바비큐 파티를 하면서 노골적으로 혐오와 차별과 멸시를 드러냈다. 지난 대선 때 심상정 후보의 100분 토론 실시간 채팅 창에 배설되던 말들도 떠올랐다. 매일 악플과 함께 살아간다는 류호정 의원의 글에, 무너지지 않았으면 하는 절박한 마음으로 응원의 댓글을 달기도 했다. '악플에 시달리다 극단적 선택에 이른 연예인들의 소식은 이제 별로 놀랍지 않다.'는 말에 살짝 소름이 돋았고 류 의원의 마음을 상상해보며 괴로워졌다. 10.29 이태원 참사 생존자들, 대구의 이슬람 교도 등 혐오와 차별의 표적이 되는 이들이 어떻게 그 말들을 견딜까.

그 끔찍한 말들을 배설하는 이들도, 일상에선 좋은 사람이고 싶어 좋은 사람 모습을 하고 있을 거라 생각하니 소름이 돋았다. 오리에게도 사람에게도 다정한 세상을 위해, 지금 할 수 있는 일을 하겠다고 다짐하고 용기 충전해 본다.

시선이 참 멋있다. 시선은 시련을 이겨내며 매일 아름다움을 발견해내는 사람이다. 시선이 강해지는 방식도 참 흥미롭다. 시선은 에방과 같은 좋은 사람을 곁에 두는 방식으로 강해진다.

"단단히 마음먹고선 어찌 살아남았나 싶을 정도로 공격성이 없는 사람들로 주변을 채웠다. 첫 번째 남편도 두 번째 남편도 친구들도 함께 일했던 사람들도 야생에서라면 도태되었을 무른 사람들이었기에 그들을 사랑했다. 그 무름을. 순정함을. 유약함을.(125쪽)"

시선은 자기가 약한 것을 잘 아는 사람이라서 피난처 혹은 비빌 언덕을 주변에 만들어 가는 사람이고, 단단한 사람이 되었다. 이런 단단함은 누군가를 해치지 않고 자기를 구하고 다른 이들에게 용기를 준다. 이런 시선의 방식이 참 좋다.

불현듯 <시선으로부터,>는 나에게 명심보감 같은 책이라는 생각이 들었다. 매년 다시 읽고 필사하면서 마음을 밝혀야지. 망가진 세계를 설명한 많은 책들을 읽겠지만 결국 출발점은 이 책으로 삼겠다. 시선으로부터 출발한 작은 유토피아를 바탕으로 삼아 대안과 방향을 상상하고 말하겠다.

대구 <책빵고스란히>의 독서 모임에서 이 책을 읽고 이야기를 나눴다. 각기 다른 하루를 보내고 저녁 7시에 고스란히 큰 탁자에 모여 앉은 이들은, '시선으로부터,'로부터 시작된 말들로 신났다. '우윤', '규림', '에방', '시선', '지수', '명혜'에 대해서 말하며 대통령 선거 이야기도 하고, 가부장제 이야기도 하고, 읽고 쓰는 힘에 대한 이야기도 하고, 공존을 위해 정치가 해야 할 일들에 대해서도 말했다. 오랜만에 열린 대면 모임이라 살짝 들뜬 분위기였는데 무엇보다 신나게 웃었던 게 좋았다. 20년이나 30년 쯤 뒤에 심시선처럼 이상하고 멋지고 매력적인 할머니, 할아버지가 되어, 역시나 매력적인 할머니가 되어있을 정세랑 작가를 초청해서 신나게 수다를 떨어보자고, 그때까지 멋지게 살아있자고 덕담을 나눴다. 책빵고스란히도 그때까지 살아 남아 비건 막걸리도 전도 파는 노포가 되면 좋겠다고 말했다.

책 한 권과 차 한 잔 앞에 둔 것만으로도 우린 이렇게 아름다울 수 있다. 악취 나는 말, 상대를 깎아내리는 말을 하지 않아도 모두가 고귀해질 수 있다. 함께 읽는 일은 이렇게 좋으니 당신도 함께 하면 좋겠다.

<시선으로부터,>에서 길어낸 문장들

95쪽 / 나는 특별히 용감하지도 않지만 겁쟁이도 아니야.

102쪽 / 21세기 사람들은 20세기 사람들을 두고 어리석게도 나은 대처를 하지 못했다고 몰아세우지만, 누구든 언제나 자기 방어를 제대로 할 수 있는 온전한 상태인 건 아니라고 항변하고 싶었다. 그러니 그렇게 방어적으로 쓰지 않아도 된다고 기억을 애써 메우지 않아도 된다고 말해주고 싶었다.

121쪽 / 어디서든 시작은 해야죠, 말하는데 설득당했어.

141쪽 / 결정적인 순간에 타인을 위해서 어떤 일을 할 것인가. 스스로가 다치게 되어도. 그런 의미로?

187쪽 / 다 데리고 와요. 그쪽처럼 뼈만 남았으면 내가 좀 먹여야겠네.

208쪽 / 나는 세상에 두 종류의 인간이 있다고 생각해. 남이 잘못한 것 위주로 기억하는 인간이랑 자신이 잘못한 것 위주로 기억하는 인간. 후자쪽이 훨씬 낫지.

229쪽 / 모든 면에서 닳아 없어지지 마십시오.

267쪽 / 살아남은 여자가 나타나면 바통터치를 할 것이다.

285쪽 / 시간 낭비 좀 할 수 있지.

297쪽 / 말해지지 않은 것들로 우리는 연결되어 있지.

304쪽 / 한번에 대단한 시야를 얻을 수 없다는 것은 알게 되었달까. 어두운 곳에서 짚어가며 넘어져 가며 탐색할 수밖에 없다는 걸.

323쪽 / 그래, 쾌락주의자만이 시대를 이길 수 있지.

331쪽 / 우리는 추악한 시대를 살면서도 매일 아름다움을 발견해내던 그 사람을 닮았으니까. 엉망으로 실패하고 바닥까지 지쳐도 끝내는 계속해냈던 사람이 등을 밀어주었으니까. 세상을 뜬 지 십 년이 지나서도 세상을 놀라게 하는 사람의 조각이 우리 안에 있으니까.

▽ 다른 동물들과 새로운 관계 맺기

: 메리 올리버, '개를 위한 노래', 수나우라 테일러, '짐을 끄는 짐승들'을 읽고

김기훈

나는 반려동물과 살아본 적이 없다. 아마 내 한 몸도 제대로 책임을 못 지고 있는데 다른 존재를 '책임진다는 일'에 부담을 느꼈던 것 같다. 그래서 다른 동물과 관계 맺는 일에 서툴다. 2019년 비건 지향으로 살기로 마음먹기 전에는 개나 고양이 외에는 동물로 인식되지도 않았다. 먹는 일에 특별한 의미를 부여하면서 다른 동물들이 보이기 시작했다. 독서 모임을 하거

나 동물권 활동가들과 교유하고 다른 동물들과 함께 사는 이들을 지켜보면서 간접적으로나마 다른 동물들과 새로운 관계 맺기를 시도해보고 있다. 독서 모임에서 읽은 많은 책 중, 그런 시도에 큰 영향을 미친 책 두 권을 소개하려고 한다.

메리 올리버의 '개를 위한 노래'를 읽으며 여러 번 울컥했다. 루크, 벤저민, 퍼시, 리키, 베어, 바주기와 만나고 헤어졌던 메리 올리버의 감정들이 고스란히 느껴졌고, 아름다웠기 때문이다. 반려동물과 함께 사는, 살았던 이들에게 이 책은 어떻게 읽힐지 궁금했다. 순간 이 책을 소개해주던 벗의 얼굴이 생각났다. 책을 건네는 복잡한 표정 속에 분명 지금 함께 사는 반려동물에 대한 사랑이 느껴졌었다. 그 존재와 언젠가 이별하겠지만, 그래서 마음은 아프지만, 그래도 지금은 어쩔 수 없이 사랑에 빠져버린, 그런 표정이었다.

개를 향한 애정이 진하게 묻어나는 말들로 가득한 이 책은, 한편으로는 인간 동물이 어떤 존재로 어떻게 살아갈 것인가 생각해보게 한다. 흔들림 없는 사랑, 세상을 향한 호기심과 기쁨의 표현, 진정 자유로운 삶의 태도, 좋은 관계 맺기와 잘 듣는 일, 세상을 바꾸는 용기, 존재의 본질대로 사는 일 등 개의 삶에서 메리 올리버가 길어낸 삶의 지혜에, 격하게 공감한다.

점점 망가지고 있는 이 세상에
사랑하기 때문에 용기를 내어
질 것을 알면서도 우아하게 맞서는 일을 선택하는
끝끝내 시대와 불화하는 이들에게
작은 위로가 되어줄 책.
아, 손수건 한 장 준비해두고 읽기 시작할 것.

매리 올리버 '개를 위한 노래'에서 길어낸 문장들

20쪽 / 베어가 말했어. "사랑과 반려는 모든 걸 바꿔놓는 장식과도 같아. 거기 가면 잘해줄 거라는 걸 알아, 하지만 난 슬프고, 슬프고, 슬플 거야." 그러면서 애처롭게 발을 비벼댔어.// 난 여행을 취소했지.

43쪽 / 혹은 어쩌면 당신을 구속하고 있는 줄을 끊는다면 당신에게 일어날 수 있는 경이로운 일들에 대한 이야기일 수도 있다.

53쪽 / 난 성찰하는 삶을 살고자 애쓰지만/ 머릿속에 성찰할 것이 적었으면 하는// 그런 날들이 있어,/ 복잡한 기분은 말할 것도 없고.// 퍼시가 되어 아무 생각 없이, 무얼 저울질하지도 않고/ 그저 앞으로 달려만 간다면 어떨지 궁금해.

87쪽 / 음악이나 강이나 부드러운 초록 풀이 없다면 세상은 어떤 모습일까? 개들이 없다면 세상은 어떤 모습일까?

한편 수나우라 테일러, '짐을 끄는 짐승들'은 장애와 동물의 교차점에 서서 비장애중심주의 세상을 완전히 새로운 시선으로 읽어내는 책이다. 정말 어마어마한 책. 정답을 제시하기보다는 계속 질문을 던지며 진실로 나아가는 책. 마지막 책장을 덮으면서는 이 책을 읽기 전으로 돌아갈 수 없을 것 같은 기분이 들었다.

이 책을 읽으며 '장애', '비인간화', '동물성', '상호의존'과 '돌봄'에 대해 새롭게 생각할 수 있었다. 장애는 비장애인 중심으로 이루어진 세계에서 장애가 된다. 보편 설계된 공간, 느리게 흐르는 시간 등에서는 장애는 장애가 아니게 된다. 한편 이 세계는 그동안 장애인들을 인간이 아닌 존재, 즉 동물처럼 대하며 차별해왔다. 책 속에서 구체적인 사례를 보면서 민망함에 고개를 저절로 떨구게 되었다. '장애인은 도움을 받는 존재'라는 인식도 바뀌어야 한다. 우리는 모두 도움을 주고받는 존재며 서로 돌보는 세계, 상부상조하는 세계로 나아가야 한다. 서로 돕는 일의 가치를 폄훼하는 지금까지의 '상식'을 진짜 상식으로 바꿔야 한다.

이 책은 듣지 않으려 했기에 듣지 못한 목소리들이 많다고 강조한다. 그동안 비인간화된 인간들이 받았던 억압들이 지금은 고스란히 비인간 동물을 향하고 있다. 이게 쉽게 허용되고 부끄러움을 느끼지 않는 어떤 인간들을 비인간화하고 억압하게 될 것이다. 이런 방식으로 억압들은 서로 연결되어 빙글빙글 돌며 우리를 불행하게 만든다. 그래서 저자처럼 이 세상을 교차적으로 바라보며 억압의 본질을 향해 질문을 던지는 일이, 그것이 생태위기 시대 혐오와 차별을 넘어 더 좋은 사회를 만들기 위한 일이 아닐까 생각해 본다.

내가 사랑하는 이들이, 끊임없이 의심하고 질문하며 '정상'의 범주를 다시 보면 좋겠다. 진실을 피하지 않고 용기 있게 마주하면 좋겠다. 종 구분과 상관없이 벌어지는 억압에 동조하지 않고 더 많이 사랑하고 더 많이 연민하며 서로를 돌보겠다고 마음먹으면 좋겠다. 다정한 존재가 되면 좋겠다.

초식마녀의 말이 자꾸 맴돈다.

"자신 아닌 다른 존재를 위해 삶을 바꾼다는 것은 그 자체로 강력한 삶의 메시지이며 세상을 평화롭게 바꾸는 큰 힘이다. 나는 사랑을 믿는다."

"비거니즘은 생명으로 사랑으로 나아가는 빛이다."

수나우라 테일러 '짐을 끄는 짐승들'에서 길어낸 문장들

338쪽 / 우리의 환경 그리고 이 환경을 우리와 공유하는 다양한 종들, 우리의 삶과 얽혀 살아가는 동물들 하나하나를 계속해서 비장애중심주의와 인간중심주의에 입각해 바라보는 한 장애해방은 결코 일어날 수 없다는 것을 진지하게 고려해야 한다. 그들을 우리 인간이 소유하고 통제할 수 있는 존재, 즉 처분할 수 있고 대체할 수 있고 죽일 수 있는 존재로 계속해서 바라본다면 말이다. 비거니즘은 각종 차이들을 억압하는 대상화와 착취에 맞서 몸을 통해 저항하는 행위, 즉 일상에서 한 사람을 정치적 윤리적 신념들을 정립하는 육체적인 방식이다.

91쪽 / 장애를 불쌍히 여기거나, 장애를 제거하려 하거나.

123쪽 / 장애 운동가들은 장애인이 장애에도 불구하고 가치가 있다고 주장하지 않는다. 장애가 아우르는 체현, 인지, 경험의 다양성 자체가 가치 있는 것이다. 장애에는 결핍과 무능의 요소가 있을 수 있지만, 그것은 또한 다르게 알고, 존재하고, 경험하는 방식들을 양성하는 일이기도 하다.

238쪽 / 장애는 '용감한 고투'나 '역경과 마주하는 용기' 같은 것이 아니다. 장애는 예술이다. 그것은 삶을 사는 독창적인 방식이다.(닐 마커스의 말 재인용)

127쪽 / '목소리 없는 자'란 존재하지 않는다. 오직 침묵을 강요받았거나, 듣지 않으려 하기에 들리지 않게 된 자들이 있을 뿐이다.(아룬다티 로이의 말 재인용)

285쪽 / 누스바움은 더욱더 완전한 정의 이론은 이 전통(상호 이익에 의거하는 사회계약)에 저항해야 하고, 이익보다 더 복잡한 협력의 이유들을 포함해야 한다고 주장한다. 사랑, 연민, 존중 같은 이유들 말이다.

349쪽 / 의존은 종종 착취의 구실이 되는데, 이는 의존이 극히 부정적인 함의를 갖기 때문이다. 그 누구도 의존적인 존재가 되려고 하지 않는다. 그런데 사실을 말하자면 우리 모두는 의존적이다. 인간은 타인에게 의존하면서 삶을 시작한다. 그리고 우리 대부분이 타인에게 의존하면서 삶을 끝낼 것이다.

372쪽 / 종이 다른, 취약하고 상호의존적인 두 존재가 서로에게 필요한 것을 이해하는 법을 배우는 일 말이다. 서툴고 불완전하게, 우리는 서로를 돌본다.

-

홍은전의 <그냥 사람>, 김초엽의 단편 <인지공간>(2020 젊은 작가상 수상작품집, 방금 떠나온 세계 수록), <다정한 것이 살아남는다>와 엮어 읽으면 좋을 듯.